पतझड़ के हरे पत्ते

(बुजुर्गों की समस्याओं पर आधारित प्रवचनों के अंश)

आचार्य सुदर्शन

एम.ए., पी एच.डी., विद्यावाचस्पति, साहित्य विशारद, साहित्यरत्न

डायमंड बुक्स

ISBN : 978-81-288-3209-3

प्रकाशक : **डायमंड पॉकेट बुक्स (प्रा.) लि.**
X-30, ओखला इंडस्ट्रियल एरिया, फेज-II
नई दिल्ली-110020
फोन : 011-41611861, 40712100
फैक्स : 011-41611866
ई-मेल : sales@dpb.in
वेबसाइट : www.diamondbook.in
संस्करण : 2011
मुद्रक : आदर्श प्रिंटर्स, शाहदरा, दल्ली - 32

PATJHAR KE HARE PATTE
by: Aharya Sudarshanjee Maharaj

संकलन एवं संपादन
शैलेन्द्र कुमार

आत्मकथ्य

इस पुस्तक की रचना के संबंध में कुछ आवश्यक बातें करने से पूर्व यह विनम्र निवेदन कर देना चाहता हूँ कि कोई भी रचना वास्तव में स्वान्तः सुखाय ही हुआ करती है। यह अलग बात है कि उसके सृजन का कारण और परिस्थितियाँ अन्यों से प्रायः भिन्न भले ही हो। जहाँ तक मैं समझता हूँ कोई भी लेखक स्वयं के भीतर की अकुलाहट या प्रेरणा से चालित होकर ही पन्नों पर उतरता है, किंतु उसकी इस अकुलाहट और प्रेरणा का कारण अनेक बार बाह्य परिस्थितियाँ भी हुआ करती हैं। आशय यह कि कभी-कभी बाहरी दबाव के कारण भी हमारा अंतस् अभिव्यक्ति की योग्यता धारण करता है और फिर ऐसी स्थिति में सृजन का कार्य सहज और संभव हो पाता है।

मेरी यह पुस्तक इसी बाह्य असहज दबाव से उत्पन्न सहज अंत:प्रेरणा का परिणाम है। **'आत्मकल्याण केन्द्र'** गुड़गाँव (हरियाणा) में मेरी सहज उपलब्धता के कारण अलग-अलग वय के अनेक लोग प्रतिदिन मुझसे मिलने आते रहते हैं। विद्यार्थी, शिक्षक, किसान, साधु-संत, श्रद्धालु महिलाएँ, बड़े बुजुर्ग और यहाँ तक कि राजनेता भी। अब स्वाभाविक है कि इन भिन्न-भिन्न अवस्थाओं और पेशे के लोगों की समस्याएँ भी भिन्न-भिन्न सी रहती हैं। इनके अतिरिक्त दूर-दराज से पत्रों का आना भी लगा रहता है। जो सामने होते हैं, उनकी बातों का प्रत्युत्तर तो तत्क्षण ही संभव हो जाता है, किंतु पत्रों का तत्क्षण जवाब देना अक्सर संभव नहीं हो पाता है। इस पुस्तक में यथामति उन्हीं प्रश्नों का समाधान प्रस्तुत करने का प्रयास किया गया है, जो पत्रों के माध्यम से उठाए गए हैं।

इधर काफी दिनों से मैंने यह महसूस किया है कि संपर्क में आनेवाले लोगों की बातचीत का मुख्य मुद्दा या तो स्वास्थ्य हुआ करता है या फिर व्यक्तिगत असंतोष या फिर पारिवारिक कलह या राज्य और देश की राजनीति। आप खुद के परिवेशगत बातचीत में भी इस तथ्य का आकलन करते होंगे। आप महसूस

करेंगे कि आज परस्पर सहयोग, मैत्री, सद्भाव और कल्याण की भावना पर हमारे समाज में बातें कम हो रही हैं और दूसरी अन्यान्य बेतुकी बातों में, आलोचना और निंदा में हमारा मन खूब रमने लगा है। अध्यात्म की बात करें तो इसे या तो हम प्रवचन और पूजा-स्थल का विषय समझते हैं या वृद्धावस्था व्यतीत करने का एक सुगम माध्यम। यहाँ मैं यह खास रूप से स्पष्ट कर देना चाहता हूँ कि अध्यात्म हमारी विवशता का अवलंब नहीं है, यह तो हमारे आत्मोन्नयन का एक प्रबल मार्ग है। हमें भूलना नहीं चाहिए कि आचार्य शंकर और स्वामी विवेकानंद ने इसे किस अवस्था में अपनाया था।

इसे कदाचित एक संयोग ही कहा जा सकता है कि हाल के दिनों में हमारे पास जो पत्र आये हैं, उनमें सर्वाधिक संख्या उन पत्रों की है, जो प्रायः बुजुर्गों की समस्याओं से जुड़े हुए हैं। यद्यपि पत्रों से लिखने वालों की अवस्था आदि का कुछ ज्यादा अनुमान नहीं हो पाता, फिर भी इतना तय है कि लिखने वाले चाहे युवा हों या बुजुर्ग, वे सभी बदलते हुए सामाजिक परिवेश के प्रति अपेक्षाकृत अधिक जागरूक और संवेदनशील हैं। आज हमारे परिवार और समाज में बुजुर्गों की जो स्थिति है, उन्हें जो उपेक्षा और प्रताड़ना का दंश झेलना पड़ रहा है, यह किसी भी सभ्य समाज के लिए न केवल चिंता की बल्कि शर्म की भी बात है। हमारे देश में औद्योगिक क्षेत्रों और महानगरों की यह समस्या तो पुरानी है पर हमारा गाँव भी अब इस भयंकर सामाजिक रोग से अछूता नहीं है। अब हमारे गाँवों के बुजुर्ग भी प्रायः इतने पीड़ित और क्लान्त हैं कि जान-सुनकर मन पीड़ा से भर उठता है। यदि हमने उपभोक्तावाद से जल्दी ही अपना पिंड नहीं छुड़ाया और वक्त रहते अपनी परंपरा को मरने से नहीं बचाया तो वह दिन दूर नहीं कि गाँव-गाँव में वृद्धाश्रम की जरूरत पड़ेगी। यह कितने आश्चर्य की बात है कि एक ओर तो हम अपनी आर्थिक समृद्धि के डंके का स्वर अमेरिका की संसद तक पहुँचाना चाहते हैं, अपनी बौद्धिक और वैज्ञानिक तरक्की का दुनिया से लोहा मनवाना चाहते हैं, पर्यावरण और मानवाधिकार की बातें करके सारे संसार को अपना घर बनाना चाहते हैं और दूसरी ओर अपने घर को ही टुकड़ों में बांटकर उसकी एक-एक ईंट दुनिया भर में बिखरा देना चाहते हैं।

मैंने इस पुस्तक में अपनी बुद्धि और मति के अनुसार हमारे समाज के शुभचिंतकों की ऐसी ही जिज्ञासाओं और समस्याओं का समाधान करने का यथासंभव प्रयास किया है। अंत में मैं उन तमाम स्नेहियों और आस्तिकों का

हृदय से धन्यवाद ज्ञापन करता हूँ, जिनकी जिज्ञासा ने मेरे अन्तर्मन को अभिव्यक्ति के लिए आकुल और प्रेरित किया है।

परमात्मा की अहैतुकी कृपा का प्रसाद इस सृष्टि के प्राणी-पदार्थ, जड़-चेतन और आबालवृद्ध सबको समान रूप से सुलभ होता रहे, सबके प्राण काया की चारों अवस्थाओं को उत्तम रीति से लब्ध होकर परिनिर्वाण करें और यह सुंदर संसार हँसता-मुस्कराता-गाता हुआ गतिशील रहे- यही प्रभु से मेरी प्रार्थना है। शुभाशंसाओं के साथ-

आचार्य सुदर्शन

दीपावली
5 नवंबर 2010

विषय-सूची

❑❑❑

बूढ़ा कौन है?

सुल्तानपुर, गया से एक भक्त का प्रश्न आया है कि वृद्ध लोग तो पेड़ों के सूखे पत्तों के समान होते हैं, इसलिए उन्हें जल्दी-से-जल्दी अपना स्थान छोड़ देना चाहिए।

आचार्यश्री-जहाँ तक मैं समझता हूँ कि इन महाशय का विचार कुछ-कुछ हमारे प्रगतिवादी साहित्यकारों से मिलता-जुलता है। संभव है कि इन्होंने वह कविता भी पढ़ी हो, जिसमें लिखा गया है कि **'द्रुत झड़ो जगत के जीर्ण पत्र।'** मैं नहीं जानता कि इनका विचार इस पंक्ति से प्रेरित है अथवा नहीं, किंतु मैं यह मानता हूँ कि अपने बुजुर्गों की तुलना हमें पेड़ के सूखे पत्तों से नहीं करनी चाहिए। मैं तो यह मानता हूँ कि जो सूखे पत्ते पेड़ों पर लगे हुए हैं, उनकी भी आवश्यकता है और जो जमीन में नीचे पड़े हुए हैं अवश्य ही उनकी भी उपयोगिता है। सूखे पत्ते ही गलकर खाद बनते हैं और पेड़ को हरा-भरा तथा चिरंजीवी बनाये रखने में अपना महत्त्वपूर्ण योगदान देते हैं। और मुझसे पूछिए तो मैं तो इनके इस गलने की प्रक्रिया को योगदान नहीं बल्कि महान अवदान मानता हूँ। हम भूल रहे हैं कि बिना इस महान अवदान के न तो हमारी प्रकृति भरी-पूरी और संरक्षित रह सकती है और न ही हमारे समाज का कल्याण हो सकता है। हमारे वन-प्रांतों और गुफाओं में वर्षों वर्ष तक तपस्या कर अपनी ठठरी गलाने वाले ऋषियों और मनीषियों को यदि हमारे समाज ने बूढ़ा और जीर्ण मान लिया होता तो पता नहीं हमारी दशा आज क्या होती? आपने सुना होगा कि सत्य और समाज की रक्षा के लिए हमारे मनीषियों ने बड़े-बड़े अवदान दिये हैं। हमारी तो परंपरा है कि परिवार, समाज या शासन की बागडोर हम अनुभवी हाथों में ही सौंपने के अभ्यस्त हैं और सदियों का यह परखा हुआ सच है कि इससे हमें कोई हानि नहीं हुई। मैं मानता हूँ कि युवाओं के हाथ समाज या राष्ट्र की व्यवस्था की जिम्मेदारी डालने से प्रगति थोड़ी तेज हो जाया करती है, किंतु यहाँ पीछे जाने या औंधे मुँह गिरने का

खतरा भी उतना ही बना रहता है। यह भी सत्य नहीं है कि हमारे बुजुर्ग हमारी सारी संपत्ति और हमारे तमाम अधिकारों पर चारों पहर कुंडली मारकर बैठे रहते हों। यथासमय यह अधिकार हस्तानांतरित तो स्वतः होता रहता है। फिर आप अपने बुजुर्गों को इतनी शीघ्रता से स्वर्ग की सीढ़ी क्यों दिखाना चाहते हैं? उनके लिए सच्चा स्वर्ग तो मान-आदर के साथ आपके बीच बने रहना ही है। जिस माली ने आपको पाल-पोसकर, बड़े यत्न से सींच-संभालकर इस योग्य बनाया है कि आप अपनी खुशबू से बगिया को महका सकें, आप उसे ही बाग से बेदखल क्यों करना चाहते हैं?

जब परिवर्तन इस प्रकृति का शाश्वत नियम है तो आज जो किसलय फूटा है, वह कल तो जीर्ण-शुष्क होगा ही। अगर यह गति और बदलाव नहीं रहे तो जीवन का न तो कोई मूल्य होगा और न अर्थ। इस परिवर्तन को अपने सामान्य जीवन में भी हमें सहजता के साथ स्वीकार करना पड़ता है। मौसम और जलवायु के अनुसार हमें अपने वस्त्र, आहार और यहाँ तक कि निवास में भी परिवर्तन करना पड़ता है, किंतु केवल पुरानी पड़ जाने से कोई चीज हमारे लिए अनुपयोगी नहीं हो जाती और अगर वह वस्तु जीर्ण हो चुकी है तो हमारे चाहने पर या हमारे मोह रखने पर भी वह हमारा भला कितने दिनों तक साथ दे सकती है। यदि हम चाहें कि अपनी शादी या जन्मदिन के अवसर पर प्राप्त शेरवानी या कोट को आजीवन पहनते रहें तो वे कपड़े हमारे चाहने पर भी बने नहीं रहेंगे और दूसरी ओर रोग और व्याधियाँ हैं, जो हमारे हटाये भी नहीं हटतीं। हम उन्हें धक्का देकर भगाना चाहते हैं और वे हमारी गर्दन पर सवार रहती हैं। आशय यह कि परिवर्तन नित्य है और इसे स्वीकारना हमारा स्वभाव भी है और हमारी विवशता भी। किंतु परिवर्तन के नाम पर हमारा प्रकृति से छेड़छाड़ करना और परमात्मा की इच्छा के विरुद्ध अपनी इच्छा खड़ी करना हमारे लिए ठीक नहीं है।

यह ठीक है कि जीवन के अंतिम पड़ाव पर पहुँचकर हमारी इन्द्रियाँ शिथिल होने लगती हैं, हमारे लाख चाहने पर भी हमारे चेहरे की चमक फीकी पड़ने लगती है और हमारे सोचने-समझने की शक्ति भी क्षीण हो जाती है, किंतु यह सब तो बहुत कुछ हमारी जीवन शैली और आंतरिक ऊर्जा पर भी निर्भर करता है। आपने बहुत से ऐसे लोगों को देखा होगा जो भरी जवानी में मुरझाये और मरे हुए प्रतीत होते हैं। उनका अपना जीवन उनके लिए किसी भारी बोझ के समान प्रतीत होता है। वे जीवन के शेष समय दिन गिनकर काटने

के अभ्यस्त होते चले जाते हैं और अपनी इस गलती के लिए परिस्थितियों को दोषी ठहराते हैं। मैं मानता हूँ कि कुछ लोग ऐसे भी हैं, जो किसी दैवी प्रकोप के शिकार होकर अपनी शक्ति गँवा बैठते हैं और दुर्भाग्यवश उनका जीवन बोझ बन जाता है, किंतु अपनी इस दुर्गति के लिए भी वे बहुत हद तक खुद जिम्मेदार होते हैं।

मैं तो ऐसा समझता हूँ कि व्यक्ति तन नहीं बल्कि मन से बूढ़ा होता है। आपने बाबू कुँवर सिंह का नाम सुना होगा। अस्सी वर्ष की अवस्था में उन्होंने जो गुल खिलाये उसे सारी दुनिया जानती है। लोकमान्य तिलक को उस अवस्था में मांडले की सर्द करने वाली जेल की काल कोठरी में कहाँ से वह शक्ति मिली कि उन्होंने गीता का इतना सच्चा और प्रामाणिक भाष्य तैयार किया। आप नजर उठाकर देखिए, देश-दुनिया में आपको ऐसे सैकड़ों-हजारों लोग मिल जाएँगें, जिन्होंने अपनी अवस्था को ठुकराकर बड़ा-से-बड़ा काम किया है। अगर हमारे बड़े-बुजुर्ग नहीं रहे तो हमारे घर का दालान और गाँव का चौपाल कांतिहीन हो जाएगा, हम न तो अनुभव का लाभ ले सकेंगे और न ही आशीष और वरदान का। इसलिए मैं तो यह मानता हूँ कि हमारे लिए हमारे बुजुर्ग पेड़ की सूखी पत्तियाँ नहीं हैं, वे तो पतझड़ की हरी दुर्लभ पत्तियाँ हैं, जिनके दर्शन से हमारी आँखों को सुकून मिलता है और हमारी आत्मा को तृप्ति। ■■■

मनुष्य असमय बूढ़ा क्यों होता है

जगत् जननी सीता की जन्मस्थली से एक भक्त ने पूछा है कि मनुष्य असमय बूढ़ा क्यों होता है?

देखिए, जन्म, मरण, बालपन, जवानी, बुढ़ापा आदि हमारे जीवन की स्वाभाविक प्रक्रिया है। परमात्मा ने इस सृष्टि को बनाए रखने के लिए परिवर्तन और नूतनता का बड़ा स्वाभाविक विधान किया है। हमारे ऋतु चक्र, फसल चक्र, मौसम चक्र सभी इसी परिवर्तन और नवीनता के परिणाम हैं। हमारे जीवन में भी यदि ठहराव आ जाए, कोई गति, नयापन या परिवर्तन न हो तो हमारा जीना दूभर हो जाएगा। व्यंजन कितना भी सुस्वादु क्यों न हो, हम हर वक्त उसे ही पसंद नहीं कर सकते। अतः हमारे जीवन में भी परिवर्तन स्वाभाविक है। बचपन और जवानी के बाद बुढ़ापे का आना उतना ही स्वाभाविक है, जितना कि आम में फल लगना और फिर क्रमशः विकसित होते हुए उसका पकना।

एक और अच्छी बात बताता हूँ कि बुढ़ापा व्यक्ति के जीवन का अभिशाप नहीं है। यह तो हमारी एक जरूरी और परिपक्व अवस्था है। यहाँ आकर व्यक्ति एक विशिष्ट प्रकार की परिपूर्णता, आनंद और तृप्ति के भाव से भर उठता है, किंतु ऐसा तब संभव है, जब उसने अपने बालपन और जवानी को अच्छी तरह से सँभाल कर व्यतीत किया हो। बुढ़ापे में भी व्यक्ति स्वस्थ और बलिष्ठ रह सकता है। उसके बालपन का खानपान और उसकी परवरिश, जवानी के उसके नियम-संयम उसे बुढ़ापे में भी स्वस्थ और सुंदर बनाये रख सकते हैं। आप महाभारत के भीष्म, द्रोण अथवा महात्मा कबीर या फिर बुद्ध-महावीर जैसे अनेक महापुरुषों के उदाहरण ले सकते हैं। अपनी वृद्धावस्था में इनमें से कोई अशक्त और लाचार नहीं थे बल्कि इन लोगों ने तो अपने जीवन की उत्तरावस्था में ही बड़े-बड़े दायित्वों का निर्वाह किया। अतः मेरी समझ में बुढ़ापा मनुष्य के डरने की अवस्था नहीं है, यह तो जीवनभर की उपलब्धियों पर आनंद और उत्सव मनाने की अवस्था है।

जिसका जन्म हुआ है, उसके जीवन में बुढ़ापे का आना तय है, किंतु यदि यह असमय आता है तो जरूर हमसे कहीं-न-कहीं कोई भूल हुई है। बहुत से लोगों की बचपन में परवरिश ठीक नहीं होती, उनका प्रकृति से ठीक-ठीक जुड़ाव नहीं होता फिर वे अपनी जवानी में अनेक दुष्प्रवृत्तियों, कुंठाओं और व्यसनों के शिकार हो जाते हैं। ऐसी दशा में उनके जीवन में न तो कोई बचपन है, न ही जवानी है और न ही बुढ़ापा। ऐसे लोग तो समुचित प्राण-ऊर्जा के अभाव में किसी भाँति भार स्वरूप जीवन को घसीटते हुए जीते रहते हैं। आजकल के बच्चों को ही आप देखें, उनका सारा समय घर के एक बंद कमरे में कम्प्यूटर पर गेम खेलते हुए बीतता है। वे किस दिशा में जा रहे हैं, पेड़-पौधे, फूल-पत्ती और पशु-पक्षियों की दुनिया से वे बिल्कुल बेखबर हैं या उन्हें नेट के सहारे कम्प्यूटर के स्क्रीन पर ही देखकर संतुष्ट हैं। आज शहरों के अधिकांश बच्चे धान-गेहूँ के उगने की प्रक्रिया नहीं जानते, साँड़ और बैल का अंतर नहीं समझते तो उनकी फिर कैसी जवानी और कैसा बुढ़ापा?

आज मनुष्य विज्ञान के बल पर अपनी तमाम समस्याओं का निदान चाहता है। किडनी और फेफड़े बदलने की बात करता है, किंतु अपने मन और शरीर को साधित नहीं करता है। उसके मन में तृष्णा, कामना और वासना की भरमार है, वह विकृतियों से भरा हुआ है। फिर भी वह इतना चतुर है कि अपनी इन तमाम वृत्तियों और दुर्बलताओं के साथ ही परमात्मा के क्षेत्र में प्रवेश करना चाहता है। उसकी यह कोशिश बिल्कुल बेमानी है, क्योंकि शारीरिक और मानसिक रूप से स्वस्थ और प्रसन्न हुए बिना अध्यात्म की बात नहीं आ सकती। भूख, पीड़ा, कष्ट और तनाव में अध्यात्म की बात छलावा है। तुम्हारा मन तो पहले ही विकारों से भरा हुआ है, उसमें तुमने परमात्मा के लिए जगह कहाँ रखी है। तुम तो चिंता में मरे जा रहे हो, तुम्हारा तो मन ही बीमार है, तुम्हारा शरीर सूखता जा रहा है। न तुम गीत गा सकते हो, न हँस सकते हो, न उछल सकते हो, फिर तुम्हारे लाइफ सेल्स की रक्षा कौन करेगा। तुमने तो केवल मकान खड़ा कर दिया, उसकी देखरेख और पोचारा-पोताई की तुमने कोई व्यवस्था नहीं की है, फिर तो दीवारों में दरारों का पड़ना लाजिमी है, कंगूरे का झड़ना और पाये का धँसना स्वाभाविक है। तुम्हारी जीवनी शक्ति समाप्त हो रही है। तुम्हारे चेहरे पर झुर्रियाँ पड़ रही हैं, तुम्हारे बाल पक रहे हैं, तुम्हें आँखों से नहीं सूझता। तुम्हारी ऊर्जा क्षरित हो रही है और तुम असमय बूढ़े हो रहे हो। गारंटी पीरियड के भीतर ही तुम्हारा शरीर गिर रहा है। तुम कम-से-कम सौ वर्ष

तो हँसते-खेलते और काम करते हुए जी ही सकते थे, किंतु तुम्हारा शरीर साथ नहीं दे रहा। मतलब साफ है कि तुमने कहीं भूल की है या फिर तुम भूल पर भूल किये जा रहे हो।

अब इस थके-हारे शरीर के साथ तुम परमात्मा को पाना चाहते हो। करुण और आर्द्र होकर उन्हें पुकारते हो। तुम अपने इस विकृत स्वरूप से परमात्मा के घर-आँगन को क्यों अपवित्र करना चाहते हो? क्या यह अध्यात्म अशक्त लोगों का क्षेत्र है? आचार्य शंकर को देखो, उन्होंने ग्यारह वर्ष की अवस्था में इस क्षेत्र में प्रवेश किया और आज सारी दुनिया उनका लोहा मानती है।

आप यह जान लें कि शरीर के क्षरण के बाद आप अध्यात्म का सहारा नहीं ले सकते। आपका शरीर गिरता या बिगड़ता है तो आप डॉक्टर के पास भागते हो, किंतु आपने कभी सोचा है कि कैप्सूल से आपके शरीर का इलाज संभव नहीं है। दवा खाकर कोई दीर्घायु नहीं बन सकता। तुम्हें यदि सचमुच दीर्घायु बनना है तो तुम अपने अन्तर्मन के हॉस्पीटल में जाओ। तुम अपने सोये हुए मन को जगाओ। तुमने यदि अपने मन की ग्रंथि खोल ली तो विश्वास करो कि तुम पर ऐसा स्राव होगा कि तुम सौ वर्षों तक तो बुढ़ापे की बात भी भूल जाओगे। वह राग और मनोबल स्वयं में पैदा करो, जो व्यक्ति को चिर युवा रखता है। देखो तुम्हारी दुनिया बिल्कुल बदल जाएगी। ■■■

क्या बुजुर्ग हमारी समस्या हैं?

हाल के वर्षों में या तो पश्चिमी सभ्यता के प्रभाव से या फिर भौतिक साधनों की प्राप्ति की होड़ में हमारे समाज में भी एक विचित्र परिवर्तन परिलक्षित हुआ है। न जाने कहाँ से और कैसे अधिकांश लोगों में इन दिनों निर्बाध और स्वच्छंद रहने की इच्छा बलवती होने लगी है। कैसी विडंबना की बात है कि जो मनुष्य समाज के बिना अपने को अस्तित्वहीन समझता है, वही समाज और परिवार से अलग स्वच्छंद रहकर जीना चाहता है। एक ओर वह अपने बच्चों को अपना भविष्य, अपनी पूँजी और अपना प्राणाधार समझता है, वहीं दूसरी ओर अपने बड़े-बुजुर्गों को अपनी गर्दन में फँसी हुई हड्डी मानता है। समाज में आए दिन प्रायः यह सुनने-देखने को मिलता है कि अमुक परिवार में बुजुर्गों की स्थिति ठीक नहीं है। उन्हें अनादर और उपेक्षा का सामना करना पड़ रहा है। घर के दूसरे लोग उनकी सेहत, खान-पान और इच्छाओं का बिल्कुल ध्यान नहीं रखते। आज ऐसा क्यों हो रहा है? हमारे समाज में पहले से तो यह परंपरा नहीं है। हमारे आदर्श पुरुषों और समाज निर्माताओं ने तो अपने बुजुर्गों के साथ वह सलूक नहीं किया, जो हम आज कर रहे हैं।

यह सब अकारण नहीं हो रहा है। आज के मशीनी युग ने हमारी भावनाओं और संवेदनाओं को कुंठित कर दिया है, हम नितांत स्वार्थी और आत्मनिष्ठ हो गए हैं। तभी तो हमारे समाज में आज सिर्फ धन-दौलत और रुपयों का खेल चल रहा है। पिता-पुत्र और दूसरे सारे नजदीकी रिश्ते कलंकित हो रहे हैं। कितने दुख की बात है कि जो व्यक्ति अपना सारा जीवन अपने बाल-बच्चों के लिए हाँफते हुए व्यतीत करता है, जो अपनी सारी इच्छाओं और सुख-सुविधाओं को त्यागकर एक-एक ईंट जोड़ता है, वही रिटायर होने पर अपने ही घर का एक अनपेक्षित अंश बनकर रह जाता है। अब वह बुजुर्ग कहलाता है, उसके बच्चे अपने बच्चों की फिक्र में रहते हैं और घर का सबसे श्रेष्ठ और वरीय सदस्य अनायास और अकारण उपेक्षित हो जाता है।

कहते हैं कि वृद्धावस्था में व्यक्ति फिर से बच्चा बन जाता है। उसे घर-परिवार और आस-पड़ोस के लोगों से फिर से अधिकाधिक स्नेह-दुलार की अपेक्षा रहती है। वह सबके साथ मिलकर हँसना-गाना चाहता है, आनंद मनाना चाहता है और पूरे जोश तथा उमंग के साथ जीना चाहता है, किंतु जीवन के इस सुंदर, सरस और नाजुक मोड़ पर परिवार और समाज उसका साथ छोड़कर उसे जबरन मौत के मुँह में धकेल देना चाहता है। उसकी मनोदशा कविवर प्रसाद की इन पंक्तियों में अभिव्यक्त होती है-

यह विडंबना अरी सरलते तेरी हँसी उड़ाऊँ मैं ।
भूलें अपनी या प्रवंचना औरों की दिखलाऊँ मैं ॥

हमारे इन बुजुर्गों में भी सर्वाधिक समस्याग्रस्त वे लोग हैं, जो नौकरी पेशे से रिटायर होते हैं, क्योंकि खेत में काम करने वाला उम्रदराज व्यक्ति मरते दम तक अपने काम में लगा रहता है। उसी प्रकार राजनीति और समाज-सेवा के कार्य में लगे लोग कभी रिटायर नहीं होते, किंतु नौकरी करने वाले लोग 62-65 की उम्र में हट्टा-कट्टा होने पर भी सेवामुक्त कर दिए जाते हैं और सरकारी सेवा से मुक्त होकर घर-परिवार के लोगों द्वारा भी जाने-अनजाने अनुपयुक्त करार दिए जाते हैं।

किंतु, सत्य यह है कि हमारे बुजुर्ग हमारे लिए कभी अनुपयुक्त नहीं हो सकते, वे तो हमारे लिए किसी अमूल्य घरेलू औषधि और किसी तहखाने में गड़े हुए खजाने के समान अति महत्त्वपूर्ण हैं। हम उनके अनुभवों तथा मशविरों का पूरा-पूरा लाभ उठा सकते हैं। हमारे परिवार में ऐसी परंपरा होनी चाहिए कि हम उन्हें पूरा-पूरा आदर दें, उनके अनुभवों का लाभ उठाएँ तथा उनकी पूजा करें।

यहाँ हमारे बुजुर्गों को भी थोड़ा-सा सहनशील और समझौतावादी होना चाहिए। उन्हें इस बात का आभास होना चाहिए कि उन्होंने अपने इस जीवन में आज तक का समय अत्यंत अहंकार में व्यतीत किया है। आज तक वे परमात्मा की शरण में नहीं गए और अपनी झूठी प्रभुता पर ही इतराते रहे हैं। थोड़ी-सी प्रभुता, संपन्नता या लक्ष्मी के आ जाने से आदमी वक्र हो जाता है। वह अपनी प्रभुता, ऊँचाई या कुर्सी के मद में चूर हो जाता है, किन्तु हमें यह समझना पड़ेगा कि हमारा यह झूठा अहंकार चलने वाला नहीं है। हमारे बुजुर्गों को भी इस बात का ध्यान रखना पड़ेगा कि वे दोपहर के देदीप्य सूर्य नहीं हैं, वे ढलते सूरज हैं, वे हमारी गृहस्थी के प्रांगण में सांध्यकालीन सूर्य की तरह शोभायमान हैं।

उन्हें अपने को फिट और ताजा रखने के लिए कुछ अतिरिक्त उपक्रम करना चाहिए। वे चाहें तो अपने रिटायरमेंट और पेंशन के पैसे से स्लम और गंदी बस्तियों में रहने वाले बच्चों के लिए **'हमें भी पढ़ाओ'** जैसी शैक्षणिक गतिविधि के संचालन में सहयोग कर सकते हैं अथवा ऐसी ही कोई दूसरी गतिविधि कर सकते हैं। वे बीमार और निराश्रित लोगों के लिए, असहाय और विकलांग लोगों के लिए सेवाश्रम चला सकते हैं और उनकी सेवा में अपना शेष जीवन समर्पित करके उसे उपयोगी बना सकते हैं । अमेरिका जैसे विकसित देश में आज छोटे-छोटे बच्चों को पढ़ाने के लिए बुजुर्गों की सेवाएँ ली जा रही हैं। हमारे लिए करने को ऐसे हजार काम हैं, जिनमें अपना मन लगाकर हमारे बुजुर्ग अपना अकेलापन दूर कर सकते हैं, समाज की उन्नत सेवा कर सकते हैं और साथ ही यश, नाम और प्रतिष्ठा के साथ अपनी आजीविका भी आराम से चला सकते हैं। नेपाल में एक बुजुर्ग दंपती ने प्रसववती महिलाओं के लिए औषधि बनाने का काम शुरू किया और धीरे-धीरे उनकी औषधि इतनी प्रचलित हुई कि आज खपत की तुलना में उसका उत्पादन ही कम पड़ रहा है। उस बुजुर्ग दंपती को यश भी मिल रहा है और साथ में पैसे भी मिल रहे हैं। उन्होंने अपनी लगन और परिश्रम के बल पर अपनी उम्र को झुठला दिया है।

आज घरेलू उद्योग के क्षेत्र में भी काफी क्रांति आयी है। समाज की सोच और मनोदशा में काफी बदलाव आया है। लोग उन्नत किस्म की अगरबत्ती-मोमबत्ती, कलात्मक घड़े, दीये, बाँस, फूल और मिट्टी से बनी कलात्मक वस्तुओं के कद्रदान होते जा रहे हैं। ऐसे में इन क्षेत्रों में भी हमारे बुजुर्गों का उल्लेखनीय योगदान हो सकता है। वे चाहें तो अपनी रुचि और सुविधा के अनुसार ऐसे कामों में लगकर भी अपने शेष जीवन को रचनात्मक और कलात्मक बना सकते हैं। उम्र के इस पड़ाव पर भी उनके जीवन में आनंद की वर्षा हो सकती है। वे स्वयं को स्वस्थ, प्रफुल्ल और उपयोगी बनाए रखने में कामयाब हो सकते हैं। जरूरत है सिर्फ एक दृढ़ संकल्प के साथ उचित दिशा में लगने की।

हमारे समाज में यह धारणा बहुत पुरानी है कि बुजुर्गों में बच्चों जैसा हठ होता है। जीवन के चौथेपन में बचपन की सारी गतिविधियाँ लौट आती हैं। यह तो होना ही चाहिए। यह तो अत्यंत सौभाग्य की बात है, क्योंकि हमारा जीवन बहुत महत्त्वपूर्ण है और जीने के लिए एक स्वाभाविक उल्लास का होना बहुत जरूरी है। मैं तो यह कहता हूँ कि हमारे बुजुर्ग अपने बचपन में लौटें, वे अपने

शरीर की ऊर्जा से बुढ़ापे को धक्का मारें। वे ऐसा प्रयत्न करें कि उनकी नसों में फिर से रवानी आ जाए। एक बात मैं यहाँ साफ कर देना चाहता हूँ कि हम विराट प्रकृति के अंश हैं और परमात्मा ने अनेकानेक प्राकृतिक पदार्थों की ही तरह हमें भी दीर्घ जीवन प्रदान किया है। मैं तो यह मानता हूँ कि जब पेड़ और पहाड़ हजारों-हजार वर्ष तक बने रह सकते हैं तो फिर हमारे जल्दी मर जाने का क्या कारण है, जरूर कहीं-न-कहीं हमसे कोई भूल हो रही है। हम या तो अपने शरीर के अवयवों का ठीक-ठीक संरक्षण नहीं कर पा रहे हैं या फिर हमारा अन्तर्मन मरण को स्वीकार रहा है अन्यथा अनायास ही मर जाने का तो कोई कारण ही नहीं है। इसीलिए मैं कहता हूँ कि हमारे बुजुर्ग भी अपने बचपन और जवानी की ओर मुड़ें, इत्र लगाएँ, रंगीन वस्त्र पहनें और नाचें-गाएँ तथा मुस्कराएँ। वे दूसरे की चिंता न करें, संसार को भुला दें और स्वयं के सुख के लिए परमात्मा को समर्पित हो जाएँ। इसी में परिवार की, समाज की और स्वयं उनकी भलाई है और यही उनके शेष जीवन की सार्थकता भी है। परमात्मा के प्रति पूर्ण समर्पण के बिना न तो हमारे जीवन का कोई अर्थ है और न ही उसका कोई सौंदर्य। यह ठीक है कि परमात्मा ने हमें सुंदर जीवन दिया है, किंतु उसकी यह देन तभी सुरक्षित और संरक्षित रहेगी जब हम उसके प्रति सतर्क और जागरूक रहेंगे। ■■■

बुजुर्ग हमारे सौभाग्य के प्रतीक हैं

आज हमारा समाज अनेक प्रकार की समस्याओं से ग्रस्त है, उनमें एक और समस्या आकर जुड़ गई है और वह है हमारे बुजुर्गों की समस्या। सुदूर गाँव-देहात हो या फिर बड़े-बड़े औद्योगिक नगर, हर जगह यह समस्या दिनानुदिन बढ़ती ही जा रही है। आज के लोग बुजुर्गों को अपने परिवार का बोझ समझते हैं, उनके लिए घर के किसी एक कोने में खाट लगाकर उन्हें उपेक्षित जीवन जीने को विवश करते हैं और यह समस्या इस हद तक बढ़ जाती है कि हमारे इन आदरणीय महानुभावों को जीवन के इस चौथे पड़ाव पर 'बेघरों के लिए बने घर' की शरण लेनी पड़ती है अथवा वरिष्ठ नागरिक आवास योजना के विकल्प को चुनना पड़ता है। कितनी दुर्भाग्यजन्य बात है कि जिस व्यक्ति ने अपना पेट काटकर बाल-बच्चों की परवरिश की, उन्हें पढ़ाया-लिखाया, उनके घर, द्वार, जमीन-जायदाद और धन-असबाब की व्यवस्था की, उसी व्यक्ति को आज बेघर होना पड़ रहा है। जीवन भर एक-एक कौड़ी जोड़कर कुनबा खड़ा करने वाला अपने ही कुनबे से बेदखल हो गया। जिसने अपने शरीर को नहीं समझा, जिसने अपनी आत्मा की आहुति दी और जो कोल्हू के बैल की तरह जीवन भर जुतते रहे, उनके जीवन में रस और आनंद तो दूर की बात है, एक लोटा शीतल जल के लिए भी पूछने वाला कोई नहीं है।

आजकल हमारे समाज में यही तो हो रहा है। आज बड़े-बड़े शहरों और औद्योगिक नगरों में जाकर देखें, फिर आपको सच्चाई का ठीक-ठीक पता चल जाएगा। अतिशय आधुनिकता के प्रभाव से हमारा समाज अत्यंत जहरीला होता जा रहा है। हमारी संवेदनाएं मर रही हैं और हमारा परिवार टूट-टूटकर बिखर रहा है। जिसे देखो, वह दूसरों के धन के बलबूते स्वच्छंद जीवन व्यतीत करना चाहता है। बेटा उन पैसों पर जबरन अपना हक जमाना चाहता है, जो उसके बाप को जीवन भर की सेवा के लिए रिटायरमेंट के समय मिले हैं और बहू सास की गहना-गुड़िया पर नजर गड़ाये बैठी है। तुमने कभी सोचा है कि जिस

तरह तुम अपने बच्चों को अंगुली पकड़कर बड़े यत्न से चलाना सिखाते हो, जिस तरह तुम अपने बच्चों को शीत-पाले और सर्दी-गर्मी से बचाते हो और जिस तरह तुम उनकी हर छोटी-छोटी इच्छाओं को पूरा करने में अपना सौभाग्य समझते हो, तुम्हारे माता-पिता ने भी तुम्हारे लिए वही सब किया है। फिर तुम्हारे व्यवहार में इतना रूखापन क्यों है? क्यों तुम दोहरी नीति अपनाते हो? अपने बच्चों के खिलौने और पत्नी के महँगे कपड़े लाने की तुम्हें याद रहती है, किंतु तुम बीमार माँ की दवा लाना क्यों भूल जाते हो? कौन तुम्हारे अंदर यह जहर घोल रहा है? कभी स्वयं को तटस्थ होकर परखने की कोशिश करो, तुम्हें पता चलेगा कि शैतान तो तुम्हारे खुद के अंदर बैठा हुआ है। तुम झूठ-मूठ परिस्थितियों को दोषी ठहराते हो, जबकि सारा दोष तुम्हारा है।

आज हमारी सरकार भी न्यूकिलियर फैमिली की बात करती है। हमारे देश में तो सदा से परिवार की अवधारणा रही है, हमने तो हमेशा से वसुधैव कुटुम्बकम् का मंत्र जपा है, फिर परिवार की जगह तुम फैमिली की बात क्यों करते हो?

तुम जान लो कि बुजुर्ग हमारी समस्या नहीं हैं। वे तो हमारे आदर्श और सच्चे मार्गदर्शक हैं। बुजुर्ग होना तो हमारे जीवन का एक सिलसिला है। यह तो जीवन का स्वाभाविक क्रम है। बुजुर्ग होना तो जीवन की परिपक्वता को प्राप्त करना है। यही तो वह समय आया है कि वे अपने लिए जी सकें। अबतक तो वे हमारे-तुम्हारे लिए जी रहे थे, घर और जमीन जोड़ने में हाँफ रहे थे, कम-से-कम अब तो उन्हें तुम चैन और सम्मान के साथ जीने दो।

सन् 1960 की बातें हैं, उन दिनों मेरे एक प्रिय मित्र सरकारी अधिकारी हुआ करते थे। एक अरसे बाद मेरी उनकी भेंट हुई। मैंने उनसे उनका हालचाल पूछा। उन्होंने मुझसे कहा कि क्या बताऊँ गुरुजी मुझसे तो एक बड़ी भारी भूल हो गई। मैंने तो अपने रिटायरमेंट के सारे पैसे लगाकर एक मकान खड़ा कर दिया। मैंने उन्हें आश्चर्य से देखकर कहा कि इसमें दुखी होने की भला क्या बात है। आपने तो अपने कर्तव्य का निर्वाह किया है, बच्चों के प्रति अपनी जवाबदेही पूरी की है फिर आप इसे अपनी गलती क्यों ठहरा रहे हैं? आपको तो प्रसन्न होना चाहिए, किंतु आप हैं कि अपने किए पर अफसोस जाहिर कर रहे हैं। उन्होंने कहा कि बात यह नहीं है कि मैंने मकान बना दिया बल्कि मैं यह सोच रहा हूँ कि बड़े होकर मेरे बेटे क्या करेंगे?

अब आप यहाँ देखिए कि मित्र महोदय अब तक तो अपने बेटों के लिए सोच ही रहे थे, अब रिटायरमेंट के बाद भी उनकी ही चिंता में लगे हुए हैं।

यही तो हम लोगों की परेशानी है। हमारी सारी चिंता का कारण प्रायः दूसरे लोग ही होते हैं। हम जीवन भर पत्नी, परिवार और समाज की बातें करते हैं। किंतु, यह ध्यान रखो कि तुम कलियुग में जी रहे हो और महज सौ वर्ष के मुसाफिर हो। तुम मुर्दों के गाँव में रहते हो, यह तुम्हारा स्थायी ठिकाना नहीं है, आज नहीं तो कल इसे छोड़कर तुम्हें दूसरे लोक में जाना ही पड़ेगा, किंतु कितने दुर्भाग्य की बात है कि तुम्हारी भक्ति आज तक नहीं जगी और परमात्मा के प्रति तुम आस्थावान नहीं हो सके। याद रखो कि तुम्हें चौरासी लाख योनियों में भटकना पड़ेगा क्योंकि **'लख चौरासी भरम कियो तब मानुष तन पायो ।'** मैं तुम्हें परोपकार करने से मना नहीं करता हूँ पर यह तो सोचो कि अपने लिए तुमने क्या किया? तुम्हें, मुझे और सब को अपनी जिंदगी जीने का पूरा-पूरा हक है। तुम आत्मकल्याण और आत्मसम्मान के साथ जीना सीखो। तुम अपना घड़ा भरो, दूसरे का घड़ा तो स्वतः भर जाएगा। तुमने यदि अपना घड़ा ठीक से भर लिया तो औरों के घड़े भी ठीक से भर पाओगे, किंतु जब तुम खुद ही रिक्त हो तो फिर किस मुँह से परोपकार की बातें करते हो। क्या भूख से कुलबुलाते हुए भी तुम कल्याण की बातें सोचते हो और किसी अनदेखे आदर्शलोक में विचरण करते हो? यदि सच में ऐसा है तो तुम हमारे मनीषियों से भी महान् हो।

तुम्हारा जीवन कितना विडम्बनापूर्ण है कि एक तरफ तो तुम परोपकार और परकल्याण की बातें करते हो और दूसरी तरफ अपने परिवार के बुजुर्गों और अपने माता-पिता का अनादर करते हो। सोचो कि तुम किस अहंकार में पड़े हो। तुम्हारा यह अहंकार पानी का बुलबुला ही तो है, जिसका देर-सवेर फूटना तो तय है। अतः तुम अपने विवेक की रक्षा करो, इसी में तुम्हारी भलाई है।

हमारे बुजुर्ग हमारी समस्या नहीं हैं। हमें ध्यान रखना होगा कि वे केवल सेवा-निवृत्त हुए हैं, जीवन से निवृत्त नहीं हुए। सरकार की और तुम्हारी सेवा से मुक्त होकर पहली बार तो उन्हें खुद के बारे में सोचने का, खुद का जीवन जीने का सुअवसर प्राप्त हुआ है।

इस अवसर को उनसे छीनना कदापि उचित नहीं है। तुम ऐसा मान लो कि उन्होंने एक प्रकार से नया जन्म ग्रहण किया है, अभी तो उनके पास प्रकृति से ऊर्जा ग्रहण करने की पूरी फुरसत है। उन्हें प्रकृति के साथ तादात्मय स्थापित करने दो, उन्हें खूब हँसने, गाने और मुस्कराने दो क्योंकि इसी में तुम्हारा, उनका और पूरे परिवार तथा समाज का कल्याण निहित है। तुम स्वयं विचार कर देखो, तुम्हें महसूस होगा कि बुजुर्गों का सान्निध्य हमारे लिए परम सौभाग्य की बात

है। तुम्हें यकीन नहीं होता तो तुम गाँव-देहातों में जाकर देख लो कि जिस परिवार में कोई बुजुर्ग नहीं है, उसकी दशा कैसी दीन-हीन है। लोगों ने बड़े-बड़े खपरैल और छतदार मकान तो बना रखें हैं, बड़े-बड़े दालान भी बना रखे हैं किंतु उनके दालान अक्सर सूने ही पड़े रहते हैं। वहाँ जाकर तुम्हें बड़ी निराशा होगी क्योंकि जाने पर वहाँ तुम्हें कोई पूछ-पड़ताल करने वाला नहीं मिलेगा। हाँ, शहरों की स्थिति कुछ अलग जरूर है क्योंकि वहाँ तो अधिकांश लोगों को छोटे-छोटे मकानों और तंग कमरों में ही अपना जीवन गुजारना पड़ता है, किंतु इसका यह मतलब कदापि नहीं है कि हम अपने बुजुर्गों को अपना भार समझ बैठें। यदि मुझसे पूछोगे तो मैं तो यह कहूँगा कि जैसे बच्चों के बिना हमारा घर शोभाहीन दिखता है, वैसे ही बुजुर्गों के बिना भी हमारे घर-द्वार की कांति जाती रहती है। इनके बिना तो हमारा घर-दरवाजा उपेक्षित, तिरस्कृत और उदास हो जाता है। जैसे कछारों के बिना अथाह जलराशि भी नदी नहीं है, अंधेरा होते हुए भी चाँद-तारों के बिना रात नहीं है और उजाला के रहते भी सूरज के बिना दिन नहीं है, वैसे ही बुजुर्गों के बिना हमारा आलीशान महल भी घर नहीं है।

■■■

बुजुर्गों का सम्मान करना सीखें

गोबरसही, मुजफ्फरपुर शहर से एक सज्जन का प्रश्न है कि समाज में ऐसा क्या किया जाए कि हमारे बुजुर्गों को यथेष्ट आदर-सम्मान मिलता रहे?

बंधु! आपके इस प्रश्न से पहली बात तो यह स्पष्ट होती है कि इन दिनों हमारे समाज में बुजुर्गों का सम्मान अपेक्षाकृत कम हुआ है और दूसरी बात यह है कि उन्हें यह सम्मान वापस दिलाने के क्या उपाय हैं? आप देखिए कि आज हमारे समाज में जो घटित हो रहा है, खासकर बुजुर्गों के संदर्भ में, वह बहुत शुभकारक नहीं है। आप पास-पड़ोस, गाँव और इलाकों के बुजुर्गों की बात तो छोड़िए हम अपने घर के बुजुर्गों को भी उचित सम्मान नहीं दे पाते। अनेक परिवारों में तो ऐसा भी चल रहा है कि अगर किसी के दो या तीन बेटे हैं तो तीनों ने मिलकर एक सहमति कायम कर ली है कि हम आपस में चाहे जितने लड़ें, एक-दूसरे के रक्त-पिपासु भी क्यों न हो जाएँ, किन्तु बाप की एक भी बात नहीं माननी है। आप सोचिए कि अगर यह बात सत्य है तो हमारे परिवार और समाज की कैसी स्थिति बन गई है? घर के बच्चों से लेकर स्त्रियाँ तक सभी घर के बुजुर्गों की आलोचना करते हैं, उनके रहने-सहने के ढंग पर आपत्ति करते हैं और उनकी हर बात पर बाल की खाल निकालते हैं।

आपने वह कहानी सुनी होगी कि एक व्यक्ति किसी लड़की से बहुत प्रेम करता था, वह उसके लिए कुछ भी करने को तैयार था और उससे विवाह करना चाहता था, किंतु लड़की की माँ इसके लिए राजी नहीं थी। अपनी किसी सामाजिक रूढ़ि के कारण उसने शर्त रखी कि अगर वह प्रेमी व्यक्ति अपनी माँ का कलेजा लाकर उसको देगा तो वह अपनी बेटी का हाथ उस व्यक्ति के हाथ में देगी। उस प्रेमी युवक के सामने शर्त रखी गई और वह बिना सोचे-समझे अपनी माँ का कलेजा निकालकर अपनी प्रेमिका के घर चल पड़ा, बीच रास्ते में युवक को ठोकर लगी और वह गिर गया। उसकी माँ का कलेजा भी उसकी पकड़ से छूटकर दूर जा गिरा। उसने जल्दी से उठकर कलेजे की पोटरी उठायी

तो कलेजे से यह कारुणिक आवाज आई कि बेटा! तुम्हें चोट तो नहीं लगी। आप देखिए कि यदि यह कहावत ही है तो भी हमारे देश की परंपरा और संस्कृति को किस तरह रूपायित कर रही है। हमारे बुजुर्ग ऐसे ही निर्मल व शांत हृदय के हुआ करते हैं। हमारे माँ-बाप व दादा-दादी को हर पल हमारी चिंता लगी रहती है। वे हमारे खाने-पीने, सोने-उठने तथा शरीर और स्वास्थ्य की चिंता में लगे रहते हैं। हमारे घर से कहीं बाहर जाने पर उनका सारा ध्यान हम पर टिका रहता है कि पता नहीं हम कैसी दशा में होंगे? आप सोचिए कि यह किस हद तक द्रवित करने वाली बात है कि जो हमारे लिए चिंता और फिक्र में पड़ा रहता है, जिसकी आँखें हमारे इंतजार में एकटक बिछी रहती हैं, हम उसे अनेक्षित, तुच्छ और पुरानी वस्तु समझते हैं।

क्या हमारे देश में परंपरा से ऐसा ही चला आ रहा है, क्या सचमुच कोई बूढ़ा या बुजुर्ग व्यक्ति सड़े हुए अनाज की तरह अनपेक्षित और अनादरणीय होता है और क्या परिवार और समाज में उसकी वास्तव में कोई उपयोगिता नहीं होती या फिर हम जो सलूक उनके साथ कर रहे हैं वह अनादर ही नहीं अन्याय भी है?

निश्चय ही हमारे इस अंतिम प्रश्न का उत्तर 'हाँ' में होगा। आज हमारे समाज में बुजुर्गों के साथ अन्याय भी हो रहा है। उन्हें तरह-तरह की मानसिक यंत्रणाएँ दी जा रही हैं। रिटायरमेंट के पैसे और धन-असबाब के लिए तंगोत्रस्त किया जा रहा है। और नहीं तो उनके रहने-सहने, खाने-पीने और मिलने-जुलने को लेकर ही तरह-तरह की आपत्तियाँ उठायी जाती हैं। हमारे वे बुजुर्ग सौभाग्यशाली हैं, जिन्हें इस तरह से जलील नहीं होना पड़ता और उनके बच्चे धन्यवाद के पात्र हैं, क्योंकि उन्होंने अपने बुजुर्गों की सेवा का अपना धर्म निभाया है। मेरे विचार से तो सरकार को और स्वयंसेवी संस्थाओं को ऐसे लोगों को पुरस्कृत और प्रोत्साहित करना चाहिए तभी हमारे समाज में बुजुर्गों के प्रति लोगों का नजरिया बदलेगा और उनकी दृष्टि में बुजुर्गों के प्रति सम्मान-भावना का पुनरोदय हो सकेगा।

किसी भी सभ्य और विकासशील समाज के लिए यह अत्यंत लज्जा और ग्लानि की बात है कि वहाँ बच्चों, स्त्रियों और बुजुर्गों की सुविधा और स्नेह-सम्मान की भावना का अभाव हो। जो समाज इस मानवीय भावना से रहित है, विज्ञान, तकनीक, शिक्षा और स्वास्थ्य के क्षेत्र में वह कितनी भी तरक्की क्यों न कर ले, उसकी सभ्यता को आसुरी सभ्यता के अतिरिक्त और कोई नाम

नहीं दिया जा सकता है। समाज में ऐसे लोगों की खुली आलोचना होनी चाहिए और उनका सामाजिक बहिष्कार होना चाहिए जो अपने बुजुर्गों को सम्मान की दृष्टि से नहीं देखते हैं।

यदि आप शिष्ट और सभ्य कहलाना चाहते हैं, समाज में आदरणीय और प्रशंसित होना चाहते हैं तो अपने बुजुर्गों को सम्मान देना सीखिए। आप सदैव यह स्मरण रखिए कि हमारे बुजुर्ग भी कभी हमारी तरह नौजवान थे। हमारी ही तरह उनकी भी भुजाएँ फड़का करती थीं, उनके भी अंदर हौसले का समुद्र उमड़ता था, उनके भी हृदय के तल से ज्वार-भाटा उठा करता था और वे भी सावन के घनघोर बादलों की तरह बरसा करते थे और यह संभावना आज भी उनमें बिल्कुल शून्य नहीं है। साथ ही एक बात और याद रखने की है कि आने वाले कुछ वर्षों के बाद हम भी उन्हीं की तरह शारीरिक और मानसिक दशा में होंगे। फिर हमारे साथ भी वही होगा, जो उनके साथ हो रहा है, तो हमारा अनुभव कैसा होगा और हमारी दशा कैसी होगी? इसलिए अच्छाई इसी में है कि हम समय रहते अपनी गलती सुधार लें। ■■■

बुढ़ापा अभिशाप नहीं है

ताज़पुर, समस्तीपुर से एक भक्त ने बड़ा ही मार्मिक प्रश्न उठाया है। उन्होंने अपने पत्र में एक कहावत का उल्लेख किया है और पूछा है कि महाराज जी! क्या सचमुच बुढ़ापा किसी व्यक्ति के जीवन में अभिशाप के समान है। उनके द्वारा उद्धृत की गई पंक्तियाँ निम्नलिखित हैं-

थकल पांव देह भेल भारी,
अब का लदबऽ हो व्यापारी।

भाई श्री विनोद शर्मा जी! मैं आपकी इस बात से तो सहमत हूँ कि वर्तमान समाज में बुढ़ापे को हमारे जीवन का अभिशाप माना जाता है, किंतु मेरी दृष्टि में किसी भी व्यक्ति की वृद्धावस्था उसके जीवन का अभिशाप कभी नहीं हो सकती। आप स्वयं विचार करके देखिए कि हमारी यह अवस्था तो हमारी परिपक्वता और हमारे सौभाग्य का प्रतीक है। जिस किसी बदनसीब के जीवन में यह अवस्था नहीं आती, परिवार और समाज के लोग उनके बारे में बहुत बाद तक बातें करके रोते और पछताते रहते हैं। आप पेड़-पौधे और उनके फूलने-फलने की प्रक्रिया पर विचार कीजिए। आप जानते होंगे शीशम, सखुआ या ताड़ के संबंध में कि ये वृक्ष जितने पुराने होते हैं, इनकी उपयोगिता और कीमत उतनी ही अधिक होती है। फूलों और फलों के बारे में यही बातें लागू होती हैं। आम, अमरूद, सेब और केले का उनके कच्चेपन में अलग-अलग उपयोग है, किंतु इनका असली आनंद तो परिपक्वता में ही है। कहावत के अनुसार देह के भारी होने का सवाल है तो उसका भार हर अवस्था में उसके अनुरूप ही रहता है, केवल इतना ही अंतर है कि बुढ़ापे में लोग कुछ स्वेच्छा से और कुछ सामाजिक दबाव से इस भार को ज्यादा ही महसूस करने लगते हैं। आपने यदि अपने मन को भार मान लिया है और अपनी इच्छाओं को दबाया है तो भरी जवानी में भी आप अपने को थका हुआ महसूस करेंगे और इसके विपरीत यदि आपका मन सजीव

है, आपमें जीने की इच्छा प्रबल है तो बुढ़ापा भी जवानी में तब्दील हो जाएगा। उस अवस्था में भी आपकी लगनशीलता आपको प्रेरणा और प्रोत्साहन देगी। आपने पितामह भीष्म के बारे में सुना-पढ़ा होगा कि अर्जुन के बाणों से क्षत-विक्षत होने पर भी वे बाणशय्या पर पड़े हुए महाभारत के परिणाम की प्रतीक्षा करते रहे। हमारे इतिहास में ऐसे अनेक महापुरुषों का बखान मिलता है, जिन्होंने समाज में सक्रिय भागीदारी के साथ काफी लंबा जीवन-काल व्यतीत किया। आप बताएँ कि हमारे महान समाज-सुधारक संत महात्मा कबीर को 120 वर्षों का जीवनकाल किस चक्की का आटा खाकर प्राप्त हुआ और ऐसी कौन-सी प्रेरणाशक्ति उनके भीतर काम कर रही थी कि वे आजीवन इतने सक्रिय रहे।

आप यह जान लें कि प्रकृति की शक्ति का कोई ओर-अंत नहीं है। अपनी किस शक्ति के कारण सूरज, चाँद और तारे युग-युग से जैसे के तैसे बने हुए हैं और धरती की वह कौन-सी शक्ति है, जो उसे सदियों से शस्य-श्यामला बनाए हुए है। बरगद और पीपल कहाँ से रस निचोड़कर ज्यों के त्यों खड़े रहते हैं। हम भूल रहे हैं कि हम भी इसी प्रकृति की संतान हैं और प्रकृति के ये सारे के सारे गुण हममें भी उसी तरह और उसी मात्रा में मौजूद हैं, फिर हम चिरंजीवी क्यों नहीं हो सकते?

बुढ़ापा तो हमारी जैविक विकास-प्रक्रिया का एक सहज और स्वाभाविक परिणाम है। इसे मानव-जीवन का अभिशाप समझना तो प्रकृति और परमात्मा के नियमों के खिलाफ हमारे द्वारा किया गया सबसे बड़ा अपराध है। सृष्टि में ऐसा कोई प्राणी या पदार्थ नहीं है, जिसकी स्थिति या अवस्था में परिवर्तन न होता हो। अगर यह परिवर्तन नहीं होगा तो इस सृष्टि का प्रत्येक प्राणी स्वेच्छाचारी और निरंकुश होकर स्वयं अपने सृष्टिकर्त्ता को ही सताने पर उतारू हो जाएगा और विराट प्रकृति की सत्ता ही डगमगाने लगेगी। आप सोचिए कि हमें यदि थोड़ा-सा धन, मान या बल मिल जाता है तो हमारा अहंकार आसमान चढ़ने लगता है। हम न तो अपने काबू में रहते हैं और ना ही औरों के वश में होते हैं। ऐसी दशा में यदि जरामरण का चक्र रुक जाए तो न जाने कि हम और क्या-क्या कर डालें? आपने देवी-देवताओं से वरदान पाने वाले राक्षसों के बारे में सुना होगा। उन्हें थोड़ी-सी शक्ति क्या मिल गई कि उन्होंने विधाता के विध्वंस का ही उपक्रम आरंभ कर दिया।

मैं तो यह समझता हूँ कि इस प्रकृति में न तो कोई चीज अनावश्यक है और न ही कोई घटना ही अकारण घटित होती है। यहाँ जो भी और जैसा भी घटित होता है, उन सबका कोई-न-कोई कारण और उद्देश्य है। मैं तो यह मानता हूँ कि जितना महत्त्वपूर्ण हमारी बाल्यवस्था या युवावस्था है, उतना ही आवश्यक हमारी वृद्धावस्था भी है। जैसे अंधकार के बिना प्रकाश का कोई अर्थ और औचित्य नहीं है, जैसे रात के बिना दिन भी अर्थहीन है वैसे ही वृद्धावस्था के बिना हमारी जवानी और हमारा बालपन भी बेकार और बेमानी है। यह अवस्था तो हमारी जीवन-साधना का चरम बिंदु है। यहीं आकर तो हमारी साधना सिद्धि को प्राप्त होती है। यही तो स्थल है जहाँ आकर हमारा जीवन से साक्षात्कार होता है और हम उसके मूल्य तथा महत्त्व को ठीक-ठीक जान-समझ पाते हैं। जैसे बिना पके फल के रस में मिठास अधूरी होती है, वैसे बुढ़ापे के बिना जीवन का आनंद भी अधूरा ही रह जाता है।

यह बात ठीक है कि व्यक्ति अपनी जवानी में ही ज्यादा-से-ज्यादा उपार्जन कर लेना चाहता है, ज्यादा-से-ज्यादा संग्रह और सुखोपभोग कर तृप्त होना चाहता है, किन्तु ऐसा नहीं है कि बुढ़ापे में हमें सुख, संतोष और आनंद नहीं मिल सकता। सच बात तो यह है कि यही वह अवस्था है, जहाँ हम चाहें तो निर्विकार और तटस्थ होकर परमात्मा की इस सुंदर सृष्टि का सच्चा आनंद पा सकते हैं।

यदि हम बचपन, जवानी और बुढ़ापे की तुलना करें तब हमें इस अवस्था का महत्त्व ठीक-ठीक समझ में आएगा। हममें से अधिकांश लोगों का बचपन भोलेपन में बीत जाता है, जवानी अल्हड़पन में जबकि बुढ़ापा हमारी वह अवस्था है, जो हमारे न चाहने पर भी हमें सजग और सचेत करती है। जहाँ तक बुढ़ापे में हमारी अशक्तता की बात है तो हमारा शरीर भी एक उपयोगी मशीन के समान है। जिस मशीन का उपयोग हम ज्यादा करते हैं, उनके कल-पुर्जे ज्यादा घिसते जरूर हैं किंतु वे ही तेज और धारदार भी रहते हैं। रखी हुई मशीनों के कल-पुर्जे तो जंग खाकर यों ही बेकार हो जाते हैं। अतः हमारे दाँतों का टूटना, बालों का झड़ना या फिर आँखों की रोशनी कम होना-यह सब उनके सतत उपयोग का स्वाभाविक परिणाम हैं, किंतु इसका मतलब यह नहीं है कि हम अपने बुढ़ापे से हताश और निराश हो जाएँ। यदि हम चाहें तो नियम और संयम से रहकर योग और

व्यायाम अपनाकर अपने शरीर के अवयवों की तंदुरूस्ती तथा चेहरे की चमक और चारुता बनाए रख सकते हैं। आपने सुना होगा कि हमारे ऋषि-मुनि हजार-हजार वर्षों तक तपस्या किया करते थे। कभी सोचा है आपने कि यह सब किस भाँति संभव हो रहा था। हममें से बहुत लोग तो ऐसे भी हैं, जिनके समक्ष यदि आप ऐसी बातें करेंगे तो वे बुरी तरह बिदक जाएँगे और कहने लगेंगे कि ये सारी-की-सारी बातें कोरी कल्पनाएँ हैं। किंतु, मैं कहता हूँ कि आप आज की परिस्थितियों पर विचार कीजिए फिर आपको अपने प्राचीन ग्रंथों की बातों पर सहज ही यकीन होने लगेगा। आज जब अमरीका में बैठकर प्रक्षेपास्त्रों के सहारे जापान, चीन, भारत या अन्य किसी दूसरे देश में तबाही मचायी जा सकती है, कल वहीं बैठकर सारी दुनिया को देखने और सँवारने का काम किया जा सकता है तो फिर पहले ऐसा नहीं होता होगा; ऐसा कहने के पीछे भला हमारा कौन-सा तर्क काम करेगा। आप पता करके देख लीजिए कि हमारे देश में आज भी ऐसे अनेक संत और गृहस्थ हैं जो हर्ष, आनंद के साथ हँसते हुए अपना चौथापन व्यतीत कर रहे हैं। उनमें जीने की और कर्मरत रहने की आज भी अमिट लालसा है और परमात्मा की अहैतुकी कृपा से यह सब संभव हो रहा है । अतः मैं तो यह मानता हूँ कि बुढ़ापा मानव-जीवन में परमात्मा का एक अनोखा वरदान है, अभिशाप नहीं। ■■■

बुजुर्गों से हमारी अपेक्षाएँ

मधुबनी, बिहार से एक श्रद्धालु का पत्र आया है, जिसमें अन्य कई बातों के अलावा यह प्रश्न किया गया है कि बुजुर्गों से हमारी क्या अपेक्षाएँ होनी चाहिए?

सबसे पहले तो मैं आपके प्रश्न के लिए आपको धन्यवाद देना चाहूँगा और अपनी मति और बुद्धि के अनुसार आपके प्रश्न का समाधान प्रस्तुत करने की कोशिश करूँगा। जहाँ तक अपेक्षाओं की बात है तो हमारी किसी से कोई अपेक्षा नहीं होनी चाहिए। मानव एक विवेकी और कर्त्तव्यशील प्राणी है। इसलिए हमें अपनी जरूरतों और इच्छाओं की पूर्ति के लिए आत्मनिर्भर होना चाहिए। हमारे शास्त्र तो यह सीख देते हैं कि हमें कर्म करना चाहिए किंतु फल की इच्छा नहीं करनी चाहिए, लेकिन सामान्य सांसारिक लोगों का जीवन इस ऊँचे आदर्श के सहारे चलना थोड़ा कठिन है। मनुष्य एक सामाजिक प्राणी है और वह परिवार तथा समाज में मिल-जुलकर रहता है, उसे अपनी घर-गृहस्थी चलाने के लिए परस्पर सहयोग की जरूरत होती है। कोई किसी से हल-बैल मांगकर अपनी खेती करता है तो कोई बीमार और लाचार का सहायक बनकर फर्ज पूरा करता है। आशय यह कि समाज का काम मिलजुलकर और परस्पर सहयोग से ही चलता है। परिवार में भी हमें एक दूसरे से स्वाभाविक अपेक्षाएँ रहती हैं और उसके पूरा होने पर ही परिवार की गाड़ी पटरी पर सही चलती है।

बुजुर्गों से हमारी कितनी और क्या अपेक्षा होनी चाहिए, इस बात पर चर्चा करने से पहले मैं आप लोगों का ध्यान इस ओर आकृष्ट करना चाहूँगा कि आज हमारे यहाँ भी दुनिया के अन्य देशों की तरह न्यूकिलियर फैमिली या एकल परिवार की परंपरा विकसित हो रही है। इस तरह की पारिवारिक संरचना की परिभाषा चाहे जो हो, किन्तु इसका व्यावहारिक अर्थ है- मैं, मेरी पत्नी और

मेरे बच्चे। इस परिवार में बुजुर्गों के लिए तो कोई स्थान ही नहीं है। यह बात कितनी दुःखद है कि हम अपने माता-पिता और शेष अन्य बुजुर्गों को अपने परिवार का अंग मानते ही नहीं हैं। क्या इसी को परिवार कहते हैं? प्राचीन समय में हमारे देश में ऐसे ही परिवार हुआ करते थे? सच तो यह है कि हमारे देश में जब से न्यूकिलियर फैमिली की सोच विकसित हुई तब से परिवार का उद्‌देश्य ही टूटकर बिखर गया। इस एकल परिवार में तो परिवार है ही नहीं, केवल उसका नाम है। आप विचार करके देखिए कि जब हम छोटे रहते हैं तो अपने माता-पिता और बुजुर्गों से हमारी अनेक अपेक्षाएँ रहती हैं। हम अपनी किताब-कॉपियाँ, कपड़े और दूसरी अनेक चीजों के लिए उन पर निर्भर रहते हैं। बड़े हो जाने पर भी अपने बुजुर्गों पर हमारी यह निर्भरता बनी रहती है। इसके अलावा हम उनके रिटायरमेंट के पैसे पर भी अपनी दखलअंदाजी जताने लगते हैं। आज आप नजर उठाकर देखिए कि समाज और परिवार में क्या कुछ घटित हो रहा है! हमारे बुजुर्ग कितने आशंकित, त्रस्त और परेशान हैं। उन पर हजार प्रकार की बंदिशें लगाई जाती हैं। उनकी आदतों, रुचियों और इच्छाओं का प्रतिकार हो रहा है और जिस तरह की शैली में उन्होंने अपना सारा जीवन ढाल लिया था, उससे उन्हें बेदखल करने का हर संभव प्रयास किया जाता है। तुम बाल मत रंगो, रंगीन कपड़े मत पहनो, लोगों से दिल खोलकर हँसी-ठिठोली मत करो, तुम्हें सामाजिक मर्यादाओं में भी प्रसन्नता से जीने का अधिकार नहीं है- प्रत्यक्ष या परोक्ष हमारे बुजुर्गों को ऐसी समस्याओं का कमोवेश सामना करना पड़ रहा है।

एक तो हमारी सरकार इन बुजुर्गों के साथ अन्याय करती है कि अच्छे-भले काम करने की स्थिति में होने पर भी 60-62 की अवस्था में उन्हें अवकाश दे देती है फिर परिवार और समाज भी उन्हें अनुपयोगी मानने लगता है। परिणाम यह होता है कि जो व्यक्ति अभी और दस-बीस वर्षों तक अच्छी तरह काम कर सकता था और जो अभी और बीस-तीस वर्षों तक आनंद और प्रसन्नतापूर्वक सक्रिय जीवन व्यतीत कर सकता था, वह समाज और परिवार की उपेक्षा का दंश पाकर अपने को आज ही असहाय और अपंग महसूस करने लगा। उसकी प्राकृतिक प्रसन्नता लुप्त हो गई, चेहरे पर झुर्रियाँ साफ झलकने लगीं और वह मुँह लटकाकर और मन बनाकर एक-एक पल मौत का इंतजार करने लगा। मौका पाकर आस-पड़ोस के उसके नकली शुभचिंतक भी उसके

सामने तरह-तरह की घातक बीमारियों का हवाला देने और उसके हौसले को तोड़ने वाले सहानुभूतिपूरक शब्दों की बौछार करने लग जाते हैं।

कितने आश्चर्य की बात है कि जिस व्यक्ति ने जीवन भर जीतोड़ परिश्रम किया, आँधी, वर्षा और तूफान का डटकर सामना किया, हर समय समाज और राष्ट्र की सेवा की, वह अब रिटायर और अनवैलिड हो गया। यह सत्य है कि ऐसे व्यक्ति का मूल्य और वैल्यू तो ज्यादा होना चाहिए, उसकी प्रतिष्ठा और पूछ अधिक होनी चाहिए थी क्योंकि उसके पास जीवन का एक गंभीर अनुभव है।

तुमने इन आदरणीय और अनुभवी लोगों को दरकिनार तो कर दिया, उन्हें आज के लिए अयोग्य और अनुपयुक्त तो ठहरा दिया, किंतु तुम्हारा अपना लोभ नहीं मरा। तुम उनकी सारी जमा पूँजी पर कुंडली मारकर जम जाना चाहते हो। उनके कमाए हुए धन को अपनी मुट्ठी में दबाकर अपने बच्चों के साथ उसका उपयोग करना चाहते हो। तुम्हारा अपना पुरुषार्थ कहाँ गया और कहाँ गई तुम्हारी अपनी कमाई? ध्यान रखो कि व्यक्ति स्वतंत्रता, स्वच्छंदता और अकेलेपन की इच्छा तो करता है, लेकिन उसकी यह इच्छा काम-वासनाओं और भौतिकवादी उपयोग की वस्तुओं तक ही सीमित है । इसकी पूर्ति के बाद वह तत्क्षण सार्वजनिक जीवन पसंद करता है। यज्ञ-आयोजन, पूजा-पाठ, भजन-कीर्तन, खेल-तमाशा, उत्सव-त्योहार सब में वह दूसरों की उपस्थिति चाहता है और इस सब से बढ़कर अपने दुःख और पीड़ा के क्षणों में सबका साथ चाहता है। यह बात जिस भाँति तुम पर और मुझ पर लागू होती है, ठीक उसी प्रकार हमारे बुजुर्गों पर भी अक्षरशः लागू होती है। अतः तुम उनसे भले ही थोड़ी बहुत अपेक्षा रख लो लेकिन उनके ऊपर बंदिशें मत लगाओ। उन्हें नैसर्गिक प्रसन्नता और आनंद के साथ शेष जीवन व्यतीत करने दो, क्योंकि तुम्हारी अपेक्षा अब उनके पास बेशकीमती साँसों को सँवारने के अवसर कम हैं। उन्हें अपने जीवन के इन बहुमूल्य क्षणों को जी भरकर जीने दो और याद रखो कि आने वाले दिनों में तुम भी बुजुर्ग कहे जाओगे। ■■■

बुजुर्गों की उपेक्षा का कारण

सकरवाड़ा, मुजफ्फरपुर से एक भक्त ने पूछा है कि महाराज जी! आजकल हमारे समाज में बुजुर्गों की उपेक्षा की प्रवृत्ति बढ़ती ही जा रही है, इसका क्या कारण है?

आपके प्रश्न का उत्तर देने से पहले मैं यह स्पष्ट कर दूँ कि आपका यह प्रश्न यद्यपि पीड़ादायक है, लेकिन है बड़ा यथार्थ। आरंभ में हमारे आत्मकल्याण आश्रम में ऐसे इक्के-दुक्के लोग आते थे, जो अपने परिवार और बाल-बच्चों से असंतुष्ट दिखते थे, लेकिन अब दिनानुदिन यह समस्या बढ़ती ही जा रही है। इसका सबसे बड़ा प्रमाण बड़े-बड़े शहरों में स्थापित होने वाले वे सदन हैं, जो बुजुर्गों को आश्रय देने के लिए, सेवा-भावना से या फिर व्यावसायिक उद्देश्य से कार्य करते हैं। आजकल महानगरों में और औद्योगिक क्षेत्रों में यह समस्या कुछ ज्यादा ही बढ़ गई है । कभी-कभी तो अखबारों में ऐसी खबरें भी छापी जाती हैं, जिन पर सहजता से विश्वास भी नहीं किया जा सकता। अब तो प्रायः धन-दौलत या रिटायरमेंट का पैसा न देने के कारणों से बुजुर्गों के घायल होने और मरने की खबरें भी छपा करती हैं और अनेक बार तो ऐसा भी सुनने को मिलता है कि दीर्घकाल से हो रही उपेक्षा के कारण किसी बुजुर्ग ने स्वेच्छा से घर छोड़ दिया ।

वास्तविक कारण चाहे जो हो, लेकिन यह कटु सत्य है कि आज हमारे समाज में चतुर्दिक बुजुर्गों की उपेक्षा बढ़ गई है। उम्र के इस पड़ाव पर आकर वे खुद को काफी मजबूर महसूस कर रहे हैं। उन्हें छोटी-छोटी बातों का बहाना लेकर अकारण ही उपेक्षित किया जा रहा है। आज चतुर्दिक नैतिकता का ह्रास दिखाई पड़ता है। यह बड़े आश्चर्य और शर्म की बात है। हमारा भारत दुनिया में अनूठा धर्मप्राण देश है। यहाँ के लोगों में आरंभ से ही विचार-शक्ति, विवेक और नैतिकता की प्रधानता रही है, लेकिन आज ऐसा क्या हो गया कि

इस 'मानव-महासमुद्र' के हृदय का सार तत्त्व सूखने लगा है। कौन से परिवेश और किन परिस्थितियों ने हमारे समाज में इस नए रोग का बीज बोया है। आज आप गौर करें तो पाएंगे कि ऐसी दूसरी अनेक समस्याओं के कारण हमारा परिवार और समाज बुरी तरह टूट रहा है और हमारे राष्ट्र की असली पहचान गुम हो रही है। हम सदियों से अपनी सादगी, सच्चाई और शालीनता के लिए जाने जाते रहे हैं। हमारे यहाँ कर्ण और आरुणि ने जहाँ गुरुभक्ति की मिसाल खड़ी की, वहीं भीष्म और रामादि महापुरुषों ने अपने बुजुर्गो के मान और उनकी इच्छा के लिए बड़ा-से-बड़ा त्याग किया, किंतु आज हमें क्या हो गया है? हम किस उपभोक्तावाद से प्रभावित हो रहे हैं और व्यक्ति को भी वस्तु समझ कर उस पर 'उपयोगिता ह्रास' का सिद्धान्त आजमा रहे हैं। जिनसे हमारा अस्तित्व है, जो हमारे लिए पूज्य और वरेण्य हैं, जिन्होंने हमारे लिए अपनी सारी खुशियाँ, सारी इच्छाओं के साथ अपना सारा जीवन न्योछावर कर दिया, आज हम तुच्छ स्वार्थ और वासनाओं में पड़कर उन्हीं का अनादर करने चले हैं। कल तक जिन्होंने हमें कंधे पर घुमाया है, क्यों और कैसे आज वह हमारे लिए बोझ हो गए हैं?

हम अपने पीछे झाँक कर देखें। हमारी संस्कृति में बुजुर्ग सदा से हमारे मार्गदर्शक रहे हैं। उन्होंने अपने अनुभूत ज्ञान से हमारे लिए सदैव पथ-प्रदर्शक का कार्य किया है। आज हमें क्या हो गया कि हमने ऐसे मार्गदर्शक की यह दुर्गति करनी आरंभ कर दी। यह दुर्भाग्य की बात है कि हमने होश खोकर जोश की बात शुरू कर दी। हमने बाहर के देशों का अनुकरण आरंभ कर दिया। हमारे यहाँ संयुक्त परिवार हुआ करता था, जिसमें हमारी पत्नी और हमारे बच्चों के अतिरिक्त हमारे माता-पिता, दादा-दादी, चाचा-चाची, भाई-बहन और अनेक लोग एकत्र और साथ रहा करते थे, लेकिन आज परिवार की यह संरचना हमें दूर-दूर तक दिखाई नहीं पड़ती। आज हम पश्चिम की हवा के कायल होते जा रहे हैं, हमारे अंदर व्यक्तिवादी संरचना विकसित हो रही है और हम नितांत ऐकान्तिक होते जा रहे हैं।

आज हमारी यह व्यक्तिवादी सोच हमें मार्ग भ्रष्ट कर रही है। हम अपनी पहचान खो रहे हैं और दुःख की बात यह है कि हमारी इस नैतिक गिरावट में स्त्री और पुरुष दोनों समान रूप से भागीदार हैं। मैं स्त्रियों की आलोचना नहीं कर रहा और न उन्हें खुद से नीचे समझने का पक्षधर हूँ, लेकिन मैं इतना अवश्य कहूँगा कि हमारे बुजुर्गों को अपमानित और प्रताड़ित करने में हमारी देवियों

का भी कम हाथ नहीं है। स्त्रियाँ हमारे घर की धुरी रही हैं। उनमें संयम, नियम और ममत्व पुरुषों की अपेक्षा सदा से अधिक रहा है। उनमें घर-परिवार को बाँधने और बचाने की शक्ति है। पुरुष तो यायावर है, वह तो भागना-भटकना चाहता है, लेकिन नारी ही उसके मुँह में प्रेम और अपनत्व की लगाम डालती है, उसे भागने-भटकने नहीं देती है। आज हमारे घर की बहू-बेटियों का भी पश्चिमीकरण हो चुका है। वे सादगी, शालीनता, लज्जा और सुकौमार्य की जगह फैशनपरस्ती और मर्दानापन को तरजीह देने लगी हैं। आज सजावट वाला दही नहीं मिलता, सोंधी गंध वाली खीर दुष्प्राप्य है और धैर्य तथा पवित्रता से बनाए गए पकवानों की जगह फास्ट फूड का प्रचलन बढ़ता जा रहा है। ऐसे में यदि हमारे बुजुर्ग उपेक्षित हो रहे हैं तो कोई आश्चर्य की बात नहीं है। अब शेष रही हमारे बच्चों की बात तो इतना हमें समझ ही लेना चाहिए कि जो हम अपने बुजुर्गों के साथ कर रहे हैं, कल हमारे साथ भी वैसा ही कुछ या उससे बढ़-चढ़कर घटित होने वाला है। क्योंकि जैसे को तैसा का सिद्धान्त तो हम पर भी लागू होगा ही।

संभव है कि हमारे बुजुर्गों की ओर से भी थोड़ी बहुत भूलें होती हों। ऐसा भी है कि पाँच फीसदी समस्याएँ बुजुर्गों के कारण भी खड़ी हों, लेकिन शेष 95 फीसदी के लिए जिम्मेवार कौन है? आज यह सच्चाई शहरों की है, कल गाँवों की भी हो जाएगी। आप सोचिए कि जिस देश में स्त्रियाँ पुरुषों के लिए, पति के लिए, भाई-भतीजे के लिए चंद्रायण, जीउतिया और भैया दूज जैसे पर्व का अनुष्ठान करती हैं, जिस देश में एक पुत्र पिता के वचन का मान रखने के लिए चौदह वर्षों का वनवास झेलता है और जिस देश में एक भाई दूसरे भाई की खड़ाऊँ को पूजकर वर्षों शासन चलाता है, वह देश आज विपत्ति के किस गर्त में धँसने को आकुल है। मैं तो इस देश के स्त्री-पुरुषों से, नौजवानों, किशोरियों और बच्चों से सिर्फ इतना कहूँगा कि वे अपने इस महान् राष्ट्र की संस्कृति को समझें और इसकी अस्मिता की रक्षा करें। हमारे बुजुर्ग हमारे लिए अमूल्य हैं। उनकी उपस्थिति मात्र से ही हमारा घर-आँगन पावन और परिष्कृत बना रहता है। वे वृक्षों में पीपल और देवताओं में श्रीकृष्ण के समान चिर नवीन हैं और उनके शत-शत नमन में ही हमारी भलाई है।

■■■

बुजुर्गों का व्यवहार कैसा हो?

जमशेदपुर, झारखंड से एक भक्त का पत्र आया है। पत्र बड़ा प्रशंसनीय है। इसमें इन्होंने अच्छी-अच्छी बातें लिखी हैं और पूछा है कि महाराजजी! बुजुर्ग लोग किस तरह का व्यवहार करें कि परिवार में उन्हें यथोचित सम्मान मिलता रहे?

आचार्यश्री- प्रिय भाई, इस संदर्भ में तो मेरी राय यह है कि व्यक्ति का बुजुर्ग होना ही अपने आप में सम्मान की बात है। परिवार में जो बुजुर्ग हैं, उनका सम्मान होना ही चाहिए। सम्मान देना और सम्मान पाना तो गौरव और सौभाग्य की बात है। जो लोग परिवार और समाज के इस आदर्श का पालन नहीं करते, मेरे ख्याल में तो वे अत्यंत अधम और असामाजिक लोग हैं। वे तो समाज की एक स्वस्थ परंपरा को तोड़कर उसमें अराजकता फैलाना चाहते हैं। ऐसे लोगों का मन अहंकार और विकार से भरा रहता है। ये अहंकारी और बीमार लोग हैं, जो हमें दिग्भ्रमित करना चाहते हैं।

आज हमारे परिवार और समाज में बुजुर्गों की जो उपेक्षा हो रही है, उनके आदर और प्रतिष्ठा में जो कमी आई है, सचमुच यह अत्यंत चिंता का विषय है। आज हमारे परिवार और समाज में बुजुर्गों को अनेक तरह की समस्याओं का सामना करना पड़ रहा है। कई बार तो ऐसा भी देखा जाता है कि घर में खाने-पहनने की सारी सुविधा होने के बावजूद हमारे बुजुर्गों को दाना-पानी के लिए कराहना पड़ता है, क्योंकि किसी को इतनी फुरसत नहीं है कि दो रोटियाँ और एक लोटा पानी उन तक पहुँचा दें। मजे की बात तो यह है कि हम इस बात के लिए घर में एक-दूसरे को दोषी ठहराते हैं और खुद दोषमुक्त हो जाना चाहते हैं। बहुत बार ऐसा देखा जाता है कि लोग भाँज लगाकर अपने बुजुर्गों को खिलाते-पिलाते हैं। स्थिति तो यहाँ तक आ पहुँची है कि किसी बुजुर्ग दंपती के अगर दो बेटे हैं तो वे आपस में धन-संपत्ति के साथ-साथ माँ-बाप का भी बंटवारा कर लेते हैं। यदि बड़े बेटे के साथ माँ है तो छोटे के साथ पिता।

आप सोचिए कि कितने दुर्भाग्य और शर्म की बात है कि जिन लोगों ने भरी जवानी में सात फेरे लेकर साथ जीने-मरने की कसमें खाईं, जिन्होंने अपना सारा जीवन, दुःख-सुख में साथ-साथ बिताया और जो आज भी साथ जीना-मरना चाहते हैं, उन माता-पिता को भी हमने धन-संपत्ति, माल-असबाब और घर की चौकी-खाट की तरह दो बराबर हिस्सों में बांट दिया। धन-संपत्ति में तो हमारी पूरी-पूरी रुचि है, हम उनके बढ़ने-घटने के प्रत्येक दिन का हिसाब रखते हैं, लेकिन हमने अपने माता-पिता की इच्छाओं और सुविधाओं का ख्याल करना छोड़ दिया। आप जरा विचार कीजिए कि कैसा लगता होगा उस पति-पत्नी को जिसे उनके बेटों ने ही बोझ या गठरी समझकर अलग-अलग हिस्सों में बांट दिया। अब सात फेरे लेने वाले और साथ जीने-मरने की कसमें खाने वाले लोग एक ही घर की अलग-अलग देहरी पर अपनी-अपनी थालियों में अलग-अलग तरह का भोजन करने को मजबूर हैं। इतना ही नहीं बेटों का स्वार्थ और संदेह तो इस हद तक बढ़ा हुआ है कि वे उन्हें एक जगह बैठकर आपस में सुख-दुःख की बातें करने देना नहीं चाहते। हम सोचें कि हमारी इस तथाकथित समझदार और शिक्षित नई पीढ़ी ने अपने बुजुर्गों को किस प्रकार कालापानी से भी कठोर सजा दी है।

हमारे बुजुर्गों की दूसरी बड़ी समस्या है, उनकी उचित देख-भाल का घोर अभाव। आजकल प्रायः ऐसा देखने को मिलता है कि हमारे परिवारों में घर के वृद्ध स्त्री-पुरुषों की हमारे द्वारा उचित सेवा नहीं होती है। आजकल लोग खुद की मौज-मस्ती और फैशनपरस्ती में इतने खोए रहते हैं कि उन्हें अपने आपसे फुरसत नहीं होती। ऐसे में हमारे बड़े-बुजुर्ग प्रायः अनदेखे और उपेक्षित रह जाते हैं। इनमें कुछ सौभाग्यशाली लोग, जिन्होंने बचपन से सतर्कता बरती है, नियम और संयम से जीवन चलाया है और प्रकृति से पर्याप्त ऊर्जा ग्रहण की है, वे तो अस्सी, नब्बे या सौ की अवस्था में भी अपनी दिनचर्या येन केन प्रकारेण अपने भरोसे पूरी कर लेते हैं, किंतु जो लोग अशक्त और लाचार हो चुके हैं, जिनकी ज्ञानेन्द्रियाँ अब शिथिल हो चुकी हैं वे भला कैसे अपना नित्यकर्म पूरा करें। हम अपने आस-पास गली-मुहल्ले में ऐसे लोगों को अवश्य देखते हैं। ऐसे अनेक लोग हैं, जिन्हें बुढ़ापे ने अत्यंत अशक्त और कमजोर कर दिया है। उनकी आँखों की रोशनी चली गई है, वे ठीक से सुन-बोल नहीं सकते, उनके लिए चलना फिरना अब सपना हो चुका है। सोचो कि जो कभी तुम्हें अपने कंधों पर चढ़ाकर चला करता था, जो तुम्हारे जरा-सा

बीमार हो जाने पर व्याकुल होकर यहाँ-वहाँ डॉक्टर-वैद्य के पास भागता फिरता था, अपने उन बुजुर्गों के लिए तुम्हारे पास रत्ती भर भी समय नहीं है। उनकी विवशता तुम्हें उनका ढोंग प्रतीत होती है। कभी तुमने सोचा है कि तुम कितने निष्ठुर और निर्लज्ज हो। तुम्हारी मनुष्यता को तुम्हारी किस इच्छा ने लील लिया है। क्या तुम जानते हो कि आज जो राग-रंग तुम्हारे जीवन में बना हुआ है, इसके तुम सदैव अधिकारी बने रहोगे। अगर तुम्हारे साथ भी ऐसा होगा तो तुम्हारी दशा क्या होगी?

एक दुःखद बात और है कि हम अपने बड़े-बुजुर्गों की जितनी सेवा करते हैं, उससे कहीं ज्यादा अधिक बात-बात पर उनकी अवमानना और उनका तिरस्कार करते हैं। हमें अपने बड़े-बुजुर्गों की बातें और उनकी नसीहत विषैली प्रतीत होती हैं । हम अब परिवार के सारे निर्णय उन्हें दरकिनार करके करना चाहते हैं। हम बात-बात पर झिड़ककर उन्हें यह एहसास दिलाते हैं कि अब हमें और हमारे परिवार को उनकी कोई जरूरत नहीं है। ऐसे में हमारे बुजुर्ग हमारे दुर्व्यवहार से आहत होकर घुट-घुटकर जीने को मजबूर रहते हैं। उन्हें इतना भी अधिकार हमने नहीं दिया है कि वे अपनी पीड़ा किसी के सामने खुलकर प्रकट कर सकें। परिणामस्वरूप वे जड़ और शून्य हो जाते हैं। एक तो प्रकृति ने उनसे अपना वरदान वापस लेना आरंभ कर दिया है और दूसरी ओर तुम बड़ी निष्ठुरता से उनकी मुस्कान छीनने पर उतारू हो। क्या यह अनर्थ और अत्याचार नहीं है?

ऊपर से हम अपने बुजुर्गों पर ही यह आरोप लगाते रहते हैं कि उनका व्यवहार अब संयमित नहीं है, उनमें सोचने और समझने की शक्ति नहीं रही। अगर तुम ऐसा मानते हो कि उनकी विवेक-शक्ति अब शिथिल पड़ गई है तो फिर अपनी पूरी सहानुभूति उन्हें क्यों नहीं दे देते? क्या तुम नहीं जानते कि बूढ़ों को भी बच्चों की तरह हमारे स्नेह-दुलार और विशेष ध्यान की जरूरत होती है।

हाँ, हमारे वैसे बड़े-बुजुर्ग जो अभी परमात्मा की कृपा से शिथिल और अशक्त नहीं हुए हैं, जिनमें विचार-विश्लेषण की शक्ति बची हुई है, उन्हें अपने व्यवहार में अवश्य सतर्क रहना चाहिए। परिवार के सभी सदस्यों के प्रति उनकी दृष्टि एक होनी चाहिए और उन्हें केवल अपने विचार ही दूसरों पर थोपने की चेष्टा से परहेज करना चाहिए, क्योंकि परिवार किसी तानाशाही व्यवस्था का नाम नहीं, वह तो एक जैसे विचार और संस्कार रखने वाले छोटे-बड़े समूह का नाम है। ■■■

बुजुर्गों से विनम्र अनुरोध

जारंगडीह, मुजफ्फरपुर से श्री अनूप लाल प्रसाद जी ने लिखा है कि मैं बारह वर्ष पूर्व बंगाल के एक हाईस्कूल के हेडमास्टर-पद से रिटायर हुआ हूँ। मैं अभी बिलकुल स्वस्थ और प्रसन्नचित्त हूँ। अपने रिटायरमेंट के उपरान्त घर आकर मैंने खेती-गृहस्थी का खूब काम किया है, लेकिन इधर एक वर्ष से मेरे बच्चे अब मुझे इस बात की मनाही कर रहे हैं। अब मुझे क्या करना चाहिए?

भाई अनूप जी! सबसे पहले तो मैं आपको इस बात की शुभकामना दे दूँ कि आप आजीवन ऐसे ही स्वस्थ और प्रसन्न बने रहें। आप बड़े सौभाग्यशाली हैं कि परमात्मा ने आपको इतना सुंदर तन और मन दिया है, ऊपर से आपके बच्चे भी आपका पूरा ख्याल रखते हैं। मैं ऐसा समझता हूँ कि आज हमारे देश के हर गाँव-मुहल्ले को आपके जैसे कर्मठ और उत्साही लोगों की जरूरत है। आपने अपने पत्र में यह नहीं लिखा है कि आप कितने वर्षों तक अध्यापक रहे । मेरे हिसाब से अगर आप तीस वर्ष की अवस्था में भी इस सेवा में आए होंगे तो आपकी सेवावधि भी लगभग 30-32 वर्षों की रही होगी । 30-32 वर्षों तक निरंतर पढ़ने-पढ़ाने का काम करने और विद्यालय का प्रशासन चलाने के बावजूद भी अपनी कृषक-संस्कृति आप में इतनी शिद्दत के साथ बनी रही, यह बात काबिले-तारीफ है । हमारे देश और प्रांतों में तो स्थिति ऐसी है कि लोग रिटायरमेंट के बाद अपने को बिलकुल सेवा-निवृत्त ही समझने लगते हैं। वे यह भूल जाते हैं कि सरकार ने इन्हें नौकरी से छुट्टी दी है, जीवन से छुट्टी नहीं मिली है। अधिकतर लोग हाथ पर हाथ रखकर बैठ जाते हैं और मृत्यु की प्रतीक्षा करने लगते हैं।

कितने आश्चर्य की बात है कि जब व्यक्ति को सभी प्रकार के झंझटों और झमेलों से फुरसत मिलती है और जब उसका जीवन खुद के लिए एक नए तरीके से शुरू होता है, तभी वह अपने मन-मंदिर के दीपक को बुझाकर घने अंधेरे में किसी एकांत गह्वर में बैठकर अंतिम सांस लेने के लिए आतुर हो जाता है ।

भाई अनूप जी! आपको तो मैं बुजुर्ग कह ही नहीं सकता, लेकिन आपकी अवस्था के उन लोगों से जो अपने को बुजुर्ग मान बैठे हैं, मैं विनम्र अनुरोध करना चाहूँगा कि वे आपसे प्रेरणा ग्रहण करें ।

परमात्मा ने यह सुंदर सृष्टि बनाई है आनंद और उत्सव के लिए । इस निमित्त उन्होंने नाना प्रकार के प्राणियों और पदार्थों का सृजन किया है । हमारी दृष्टि क्षितिज के जिस अनंत विस्तार तक जाती है, सर्वत्र सौंदर्य का वास है । सब जगह जीवन, गति और चारुता है, फिर हम इस सुंदर सृष्टि से मुँह क्यों फेरना चाहते हैं? वह कौन-सा कारण है, जिससे हम दुःखी और निराश हैं? क्या परमात्मा ने हमें मुस्कान का खास वरदान इसीलिए दिया था कि हम थोड़े से संकट में पड़कर मुँह लटकाकर बैठ जाएं?

हमारे बहुत से बुजुर्ग ऐसे हैं जो अपनी शारीरिक असमर्थता का राग अलापते हैं । कुछ लोगों को पेट की समस्या है तो कुछ लोगों की नजर कम होती जा रही है । यह सच है कि अवस्था बढ़ने पर हमारे शरीर के अवयव कमजोर होते हैं और हमारी इंद्रियाँ भी शिथिल होती हैं, लेकिन नियम और संयम से, योग और प्राणायाम से हम अपने को दीर्घावधि तक स्वस्थ और प्रसन्न रख सकते हैं । यदि हममें लगन, उत्साह और जिजीविषा हो । आजकल तो विज्ञान ने भी यह सब बहुत आसान कर दिया है और वैसे भी किसी वृक्ष की एक टहनी टूट जाने पर, थोड़ा-बहुत उसकी क्षति हो जाने पर हमने तो उसे मरते हुए नहीं देखा । पीपल, बरगद और आम-महुए में कौन-सी जिजीविषा है, सदियों से चमकने वाले सूर्य, चाँद और तारे किस शक्ति से अपनी चमक बनाए हुए हैं और अमर बेल में वह कौन-सी भीतरी शक्ति है, जो बिना जड़ के उसे जीवित रख पा रही है? क्या वही शक्ति हमारे भीतर नहीं आ सकती, क्या उनकी तरह प्रकृति से हम वह शक्ति नहीं निचोड़ सकते या फिर क्या वह परमात्मा भेद-भाव करने वाला है, जिसने हमारे और उनके लिए अलग-अलग पैमाना बना रखा है! अगर हम अपने इस लघु जीवन के लिए परमात्मा को दोषी मानते हैं तो यह हमारी सबसे बड़ी भूल है क्योंकि हमारा इतिहास साक्षी है कि हमारे पूर्वज हजारों-हजार वर्ष तक जिया करते थे । कहीं-न-कहीं भूल हम से हो रही है । हमने परमात्मा और प्रकृति का साथ छोड़ा है, उन्होंने हमें कभी अकारण उपेक्षित और दंडित नहीं किया ।

हमारे समाज में बहुत से बुजुर्ग ऐसे भी हैं, जो दुर्भाग्यवश अपने बाल-बच्चों और परिवार के अन्य लोगों से उपेक्षित हो रहे हैं । एक ओर तो लोग उनसे पूर्व की ही भाँति रुपये-पैसे पाना चाहते हैं, उनके रिटायरमेंट के पैसे पर जल्दी-से-जल्दी अपना कब्जा जमा लेना चाहते हैं और दूसरी ओर वे न तो उनके खान-पान और स्वास्थ्य का ध्यान रखते हैं और न ही उनकी इच्छाओं को पूरा करने की चेष्टा करते हैं । यह एक दुःखद सत्य है कि दिनानुदिन हमारे बुजुर्ग अपने परिवार में ही उपेक्षा का पात्र बन हताश और निराश होकर अपने जीवन से ऊब चुके हैं । मैं अपने इन आदरणीय बुजुर्गों से अनुरोध करना चाहूँगा कि सबसे पहले तो वे इस बात की गाँठ बांध लें कि परमात्मा ने उन्हें यह जीवन आत्मसम्मान और प्रसन्नता के साथ जीने के लिए प्रदान किया है । अतः परिस्थितयाँ चाहें जितनी भी प्रतिकूल हों, उन्हें जीवन जीने की आस नहीं छोड़नी चाहिए। परिवेश चाहे कितना भी अपना क्यों नहीं हो, चाहे वह कितनी भी लगन और मेहनत से खुद के द्वारा दिन-रात एक करके निर्मित किया गया हो, चाहे उस पर हमारा कितना भी ममत्व रहा हो, यदि आज वह हमारे जीने के अनुकूल नहीं है तो तत्क्षण उसे छोड़ देने में ही हमारी भलाई है । इसका आशय यह नहीं है कि हम अपने बुजुर्गों को अपना गाँव-घर छोड़ने की राय दे रहे हैं । हमारा तो यह मानना है कि जितना संभव हो सके आप अपने घर-परिवार को ही अपने अनुकूल बनाने की चेष्टा कीजिए । अगर आपके बच्चे आपसे असंतुष्ट हैं या आपकी उपेक्षा करते हैं तो पहले आप खुद को टटोलने का प्रयास कीजिए । आप विचार कीजिए कि कहीं उनकी स्वतंत्रता या उनका अपना जीवन आपके ख्यालों और आपकी दखलअंदाजी से प्रभावित तो नहीं हो रहा है। यदि ऐसा है तो सबसे पहले आप यह संकल्प लीजिए कि आपके कारण आगे से कोई अनावश्यक प्रभावित नहीं होगा, लेकिन अगर ऐसा नहीं है फिर भी आपको लग रहा हो कि आप उपेक्षित और प्रताड़ित हैं तो चाहे जो भी हो शीघ्रातिशीघ्र आप इस अपनत्व की बनावटी रेखा से जितनी दूर हो बाहर निकल चलिए । तभी आपका मान-सम्मान और जीवन सुरक्षित रहेगा । क्योंकि मैं तो यह मानता हूँ कि प्रत्येक मनुष्य में चरम विकास की क्षमता अन्तर्निहित है। चाहने पर हर व्यक्ति एक लम्बी अवधि तक स्वस्थ और क्रियाशील रह सकता है। यदि हमने अपने शारीरिक अवयवों की अच्छी तरह देखभाल की है, उन्हें शिथिल नहीं होने दिया है और हम मानसिक तौर पर भी

स्वस्थ और सक्रिय हैं तो फिर हमारे रिटायर होने या आराम करने की बात का भला क्या प्रयोजन है! मान लीजिए कि किसी व्यक्ति की अवस्था 120 वर्ष की है और वह अच्छी तरह देख-सुन सकता है, अच्छी तरह सोच-समझ सकता है, हल-कुदाल और मशीन चला सकता है, लिख-पढ़ सकता है या फिर ऐसे ही दूसरे अनेक कार्य कर सकता है तो भला उसे बूढ़ा कहने का क्या औचित्य है! हो सकता है कि वह और पच्चीस-पचास वर्षों तक इसी तरह स्वस्थ और सबल रहकर अपना काम करता रहे। फिर जिसमें कुछ कर गुजरने की ललक है, उसे भी तुम खेत में जाने से, पढ़ने-पढ़ाने से और सेवा तथा सहयोग के कार्यों में हाथ बँटाने से मना कर रहे हो।

हम अपने बुजुर्गों से यहाँ यह निवेदन करना चाहते हैं कि यह दुनिया बहुत बड़ी है और नियम-संयम तथा शराफत से जीने वाले लोगों के लिए आज भी कुदरत का अकूत भंडार मौजूद पड़ा है । आप बीमार और लाचार लोगों की सेवा करके, गरीब और वंचित बच्चों को पढ़ाकर तथा कुटीर उद्योग लगाकर आज भी समाज की बहुत बड़ी सेवा कर सकते हैं । समाज का एक बहुत बड़ा वर्ग आज भी आपको श्रेष्ठ और आदरणीय मानता है और जरूरत पड़ने पर वह भी आपकी सेवा के लिए तत्पर और तैयार बैठा है । आज पूरे देश में ऐसे स्वयंसेवी संगठनों और संस्थाओं की कोई कमी नहीं है । बस कमी है तो प्रबल इच्छाशक्ति की । आप भी अनूप जी की तरह अपनी जिजीविषा को सही दिशा में चालित करें तो परमात्मा सदैव आपके साथ रहेगा, ऐसा आप विश्वास करें । ■■■

वृद्धाश्रम के निर्माण का कारण

झंझारपुर, बिहार से एक भक्त ने वृद्धाश्रम के औचित्य के संबंध में मेरा विचार जानना चाहा है। मैं नहीं जानता कि मिथिलांचल के इस छोटे-से शहर में कोई वृद्धाश्रम है अथवा नहीं, किंतु मैं देख रहा हूँ कि पिछले बीस-पच्चीस वर्षों के अन्तराल में देश के महानगरों, औद्योगिक शहरों तथा अन्य अनेक व्यावसायिक नगरों में भी अनेक वृद्धाश्रम खड़े किए गए हैं। इसका कारण है कि हमारे समाज में दिनानुदिन बुजुर्गों की उपेक्षा बढ़ती ही जा रही है। हमारे महानगरों, औद्योगिक शहरों में तो यह समस्या विस्फोटक स्वरूप धारण कर चुकी है। अगर सर्वेक्षण किया जाए तो हर तीसरे-चौथे घर में हमें उपेक्षित और सताए हुए वृद्ध स्त्री-पुरुष दिख जाएँगे। यह अलग बात है कि इन लोगों में कुछ ऐसे लोग भी हैं, जो अपेक्षा से अधिक सहनशील और धैर्यवान हैं, जिस कारण वे अपनी समस्या को जग-जाहिर होने देना नहीं चाहते। हमारे घरों में बहुत से ऐसे बुजुर्ग भी हैं, जो परिवार की मान-मर्यादा और प्रतिष्ठा बचाने की खातिर अपने चेहरे पर संतुष्टि और हंसी का एक बनावटी मुखौटा चढ़ाए रहते हैं और अपने बेटे, पोते और बहुओं के व्यवहार से भीतर-भीतर बहुत खिन्न होने पर भी अपने होंठ सिले रखते हैं। इनमें कुछ ऐसे लोग भी हैं, जो उचित साहस के अभाव में निराश्रित और असहाय होकर चुपचाप अपनी उपेक्षा का दंश झेलते रहते हैं और परिवार वालों के व्यवहार से दुःखी और खिन्न होने पर भी घुट-घुटकर जीने को विवश होते हैं।

हमारी समझ में वृद्धों की उपेक्षा की यह समस्या बहुत पुरानी नहीं है। पुराने जमाने में न केवल हमारा घर और दालान बड़ा हुआ करता था बल्कि हमारा हृदय भी उतना ही विशाल था। बड़े-बड़े परिवारों में लोगों के बीच अत्यंत प्रगाढ़ प्रेम और आपसी एकता हुआ करती थी। वे एक ही बड़े आँगन में खाते-खेलते और हँसते-चहकते थे। हमारे बुजुर्गों को पशु-पक्षियों की भाषा भी आती थी। बाइबिल, कुरान तथा हमारे अन्य अनेक धर्मग्रंथों तथा लौकिक

साहित्यों में इस तरह के अनेक प्रमाण बिखरे पड़े हैं । बहुत पहले की बात जाने दीजिए, हाल के वर्षों तक हमारे घरों की स्थिति यह थी कि धोखे से कबूतर या गौरेये का अंडा टूट जाने पर महिलाएँ रोजा और उपवास रखने लगती थीं, किंतु आज तो हम बंद डिब्बों जैसे मकानों में रहने के अभ्यस्त होते जा रहे हैं । अपने आस-पड़ोस ही नहीं अपने परिवार से कटते जा रहे हैं । हमारी संवेदना बिल्कुल मरती जा रही है । हम तो ऐसे मरे हुए लोग हैं, जो अपने सामने के फ्लैट में टंगे नेम प्लेट को रोज देखते हैं, उस फ्लैट से निकलने वाले लोगों को भी देखते हैं, किंतु उनसे जान-पहचान करना जरूरी नहीं समझते । अगर थोड़ा-बहुत नाम-काम जान भी लिया या फिर दुआ सलाम की औपचारिकता भी हुई तो बस यह सब ऊपरी तौर पर होता है । इन दिनों हमारा आंतरिक जुड़ाव नगण्य होता जा रहा है और हम अपने आस-पड़ोस से उपेक्षित होते जा रहे हैं । एक जमाना था कि एक-दूसरे से जामन माँगे बिना हमारे घर दही नहीं जमता था, किंतु आज हमारा मन जम चुका है और हमारे हृदय का उत्साह भी स्थायी तौर पर ठंडा पड़ चुका है । ऐसे में हमारे बुजुर्ग यदि हमारे द्वारा उपेक्षित हो रहे हैं, तो इसमें कोई बहुत आश्चर्य की बात नहीं है ।

आप हिंदी-अंग्रेजी के अखबार उठाकर देख लीजिए । आपको पता चल जाएगा कि हमारे इस सभ्य समाज की वास्तविकता क्या है ? रोज बीसियों ऐसी खबरें छपती हैं, जिनमें कहीं पुत्र के द्वारा तो कहीं घर की स्त्रियों के द्वारा बुजुर्गों की अवमानना की खबरें छपी रहती हैं । कभी-कभी तो ऐसी खबरें भी आती हैं, जिन्हें पढ़कर रोगटें खड़े हो जाते हैं । अगर सिर्फ उपेक्षा हो तो दुख होने की स्थिति समझ आती है, किंतु स्थिति तो उनकी प्रताड़ना तक भी पहुँच जाती है । पिता यदि रिटायरमेंट के पैसे लेकर आता है तो पुत्र उसकी गर्दन पर चाकू भिड़ाकर छीन लेना चाहता है, उसे तरह-तरह से तंग और प्रताड़ित करता है । आपको यकीन नहीं हो तो औद्योगिक शहरों में जाकर वहाँ रह रहे बुजुर्गों से बात करके देखिए । आज हमारे बुजुर्ग सिर्फ उपेक्षित नहीं बल्कि अपने बच्चों से पीड़ित और प्रताड़ित भी हैं । हमारे डिब्बे जैसे घरों में हमारे साथ रहने वाले हमारे बुजुर्ग हमारे लिए बिल्कुल अनपेक्षित व्यक्ति हैं । उनके लिए न हमारे घर में स्थान है और न ही हृदय में । हमारी संकरी बालकॉनी में पसरी हुई उनकी धोती-साड़ी हमारे घर के सौंदर्य को बाधित करती है और हमारे बैठकखाने की मेज पर पसरी उनकी दवाइयाँ हमारी प्रतिष्ठा में बट्टा

लगाती हैं । हम अपने बीवी-बच्चों का तो पूरा ध्यान रख सकते हैं पर हमारे माता-पिता हमसे अनदेखे और उपेक्षित हो रहे हैं ।

तुम सोचो कि तुम्हें जितना मोह अपने बच्चों से है, उनका भी उतना ही मोह तुम्हारे प्रति है । तुम अपने बच्चों को जो लाड़-दुलार देते हो, उन्हें जैसे अपनी उँगली पकड़ाकर सहारा देते हो, वैसा ही सहारा तुमने अपने माता-पिता से पाया है । फिर तुम उनके प्रति इतने लापरवाह, निर्दयी और कठोर क्यों हो? क्या उन्होंने तुम्हें इसलिए पाल-पोसकर बड़ा किया था कि जब उनकी आँखों की रोशनी चली जाए तब तुम उनकी दुर्गति करो । हमारी ऐसी सभ्यता को लानत है । तुम सोचो कि हम किस दिशा की ओर बढ़े चले जा रहे हैं । वर्तमान वैज्ञानिक सभ्यता ने ऐसा क्या कर दिया कि हमारे हृदय का सारा-का-सारा रस सूखता ही चला जा रहा है ।

यह सच है कि पुराने समय में भी हमारे बुजुर्ग वानप्रस्थ जीवन व्यतीत करते थे पर उस समय उनकी मर्जी चलती थी और अब हमारी-तुम्हारी मर्जी चला करती है । हमारे समाज में आज भी ऐसे अनेक लोग हैं, जो अपने चौथेपन में स्वेच्छा से मठों, मंदिरों और धामों में अपना शेष जीवन व्यतीत करते हैं और आनंदित रहते हैं । यह बिल्कुल दीगर बात है, किंतु उन्हें घर से बाहर निकलने पर मजबूर करना, उन्हें जबरन घर से धक्का देना तो हमारी-तुम्हारी निल्लर्जता की हद ही कहलायेगी ।

देश-दुनिया की बातें तो जाने दो, खुद हमारे **'आत्मकल्याण केन्द्र'** में ही ऐसे अनेक लोग अपना ठौर तलाशने आते हैं, जो अपने पुत्र-पौत्रों और परिवार वालों के सताए हुए हैं । मैं उन्हें यकीन दिलाता हूँ कि तुम्हारा जीवन बेकार नहीं है, तुम चाहो तो अपने शेष समय में अब भी फूल खिला सकते हो, अपने लिए हँसने-मुस्कराने और जिंदा रहने के क्षण तलाश सकते हो । तुम्हारे पास जीवन का एक लंबा अनुभव है, तुम अपने रचनात्मक कार्यों से आज भी अपना और दूसरों का उपकार कर सकते हो ।

हमारे समाज में कुछ लोग ऐसे भी हैं, जो इन वृद्धाश्रमों को व्यवसाय और लाभ का एक जरिया समझते हैं । लेकिन यह पूर्ण सत्य नहीं है और अगर इसमें थोड़ी सच्चाई मान भी लें, तो भी ऐसी संस्था चलाने वाले लोग हमसे कई गुना अच्छे हैं । तुम सोचो कि तुमने एक घर वाले को बेघर कर दिया और उसने एक बेघर को घर दिया । अब तुम्हीं बताओ कि दोनों में कौन अच्छा है? अच्छाई की परख कहने में नहीं, करने में होती है ।

तुमने चिड़ियाघर जरूर देखा होगा। बताओ कि पुराने समय में हमारे देश और दुनिया में कितने और कौन-कौन-से अभयारण्य थे? आज देखो कि हर छोटे-बड़े नगर के बीच या आसपास एक अभयारण्य न सही चिड़ियाघर तो जरूर है। क्या इसे तुम केवल शौक, मनोरंजन या कौतुक की वस्तु समझते हो? आप सोचो कि किस शीघ्रता और निर्ममता के साथ हमने पशु-प्राणियों को बेदखल और बेघर किया है। अगर इनका संरक्षण नहीं होगा तो आने वाले दिनों में पर्यावरण की स्थिति क्या होगी और यह दुनिया कैसी लगेगी? तुम किसी ममतालु किसान को देखना, उसके खूँटें पर बंधी गाय-भैसें भी उनके लिए स्नेह और आदर का पात्र होती हैं। फिर क्या हमारे बुजुर्गों की सेवा करना हमारा कर्त्तव्य नहीं है? अगर तुम अपना धर्म नहीं निभाओगे तो क्या सारी दुनिया तुम्हारे लिए अपना धर्म छोड़ देगी। तुम यह जान लो कि ऐसे धर्मात्माओं के पुण्य-प्रताप से ही यह धरती टिकी हुई है अन्यथा कब का महाप्रलय हो चुका होता, क्योंकि हमारी प्रकृति किसी की धौंस सहने वाली नहीं है। और वह परमात्मा? वह तो अनेक रूपों में इसी धरती पर तुम्हें जगह-जगह दिखाई देगा। वह तो वृद्धाश्रम बनाएगा, बच्चों को पढ़ाएगा और संस्कारित करेगा, बिलखते हुओं के आँसू पोंछेगा और उपेक्षित एवं पीड़ितों की पीठ सहलाएगा। तुम उसकी उमड़ती हुई करुणा को कछारों पर रोक नहीं सकते। तुम्हारा विज्ञान तो अभी बौना का बौना है।

जिंदगी ऐसे जियो कि उसका कोई मतलब हो,
हर पल ऐसे हों कि जिंदगी का उत्सव हो।
अभी तक सपनों की परछाईं देखी है यारों,
पत्थर में फूल खिलाना अभी बाकी है ॥

■■■

बचपन सुधारें

आशियाना मोड़, पटना से एक सज्जन का प्रश्न है कि आज के बच्चे प्रायः परिवार से कटे-कटे और गुमसुम रहते हैं, इसका कारण क्या है?

आपका प्रश्न अत्यंत प्रासंगिक है । मैंने भी अपने लंबे शिक्षक जीवन में इस बात को काफी गहराई तक अनुभव किया और यथाशक्ति उसका उचित निदान भी प्रस्तुत किया । बात दरअसल यह है कि बचपनावस्था हमारे सम्पूर्ण भावी जीवन की नींव है, उसका मेरूदंड है । जिस प्रकार ठोस नींव के बिना घर की मजबूती, दीवार की मजबूती संभव नहीं है, उसी प्रकार सुंदर बचपन के बिना सुंदर-सुखद जीवन जीना संभव नहीं है । इसलिए कहते हैं कि जिसका बचपन सुधर जाता है, उसकी जवानी भी सँवर जाती है और उसका बुढ़ापा आनंद से भर जाता है । आप यदि सोचकर देखें तो आपको यह ज्ञात होगा कि हमारे बचपन का बुढ़ापे से अत्यंत सीधा और घनिष्ठ संबंध है । आपने ध्यान दिया होगा कि बूढ़े लोग भी बच्चों की तरह बात-बात पर रूठते हैं । अब अहम् सवाल यह है कि हम उस छोटे बिरवे को कैसे सींचे कि वह एक हँसता-विहँसता फूलों-फलों से लदे घने गदराए पेड़ के रूप में विकसित हो सके, हमारे इन नौनिहालों का जीवन खुशियों और प्रसन्नता से भरकर लहराता रहे ।

ये छोटे-छोटे बच्चे तो ईश्वर के साक्षात् प्रतिरूप हैं । इन्हें शरारती और बेहया कहना अपने आप में बेहयापन है । फिर ऐसा क्या होता है इन बच्चों के साथ कि वे हँसना, बोलना छोड़कर, धूम-धड़ाका छोड़कर या तो अपने ख्यालों में डूबे एक कोने में सरकने लगते हैं या फिर कम्प्यूटर और लैपटॉप की दुनिया में खोने लगते हैं । जैसा कि मैं महसूस करता हूँ ग्रामीण क्षेत्रों की अपेक्षा शहरी जीवन-परिवेश में यह समस्या कुछ ज्यादा गहरी है। गाँवों में आज भी हमारे लोगों और किसान भाइयों के पास इतना समय है कि वे अपने बच्चों के साथ हँस-बोल लेते हैं । उनकी बातों और भावनाओं को

सुन-समझकर उसका यथासंभव तत्क्षण निदान निकाल लेते हैं, किंतु शहरों में औसत, मध्यम या उच्च साधन-संपन्नता के बावजूद माता-पिता को अपने बच्चों के लिए समय की बहुत कमी रहती है । कई बार तो यह भी देखने को मिलता है कि लोग खुद के अहंकार में अपने बच्चों से दूर होते चले जाते हैं । उनके और बच्चों के बीच, माता-पिता और बच्चों के बीच अहंकार रहता है । यह अहंकार धन, मान, पद और प्रतिष्ठा का होता है । पिता दफ्तर से घर लौटकर अपने आप में इतना व्यस्त दिखता है मानो वह इस पूरे संसार की रचना करके घर में घुस रहा हो । जिसकी प्रतीक्षा में बच्चों ने जैसे-तैसे दिन गुजारा है, उसके पास अपने बच्चों से बातें करने के लिए, गप्पें लड़ाने के लिए, खेल-मनोरंजन के लिए क्षणभर का भी समय नहीं है । उसका मन तो समस्याओं से भरा हुआ है । उसने दफ्तर में डांट खायी है, छल-धोखा किया है या फिर कल कुछ नायाब करना चाहता है । इसी पचड़े और उधेड़-बुन में पड़ा हुआ है । वह अपनी गलती को परिवार से, अपनी पत्नी और बच्चों से छिपाना चाहता है, इसलिए उसने इतना खतरनाक और गंभीर स्वरूप धारण किया है ।

आप सोचिए अगर महीने-पन्द्रह दिन ऐसा ही चलता रहा तो स्थिति क्या होगी? जो बच्चा अपनी पढ़ाई का, अपने होमवर्क का समय काटकर आप पर न्यौछावर करने को तैयार था, जिसके आप आदर्श और आदरणीय थे, वह अब आपसे कटने लगा है । उसने भी अब घर के एक कोने में अपनी आसनी जमाई है और अब वह भी निश्छलता को छोड़कर छल-प्रपंच के संकीर्ण रास्ते पर निकल पड़ा है । वह भी इस बात का इंतजार कर रहा है कि समय आने पर आपके जैसा मुर्दादिल बनकर रूआँसा होकर संसार को कोसने का सौभाग्य पा सके । क्षमा करना, आप चारों तरफ दृष्टि दौड़ा कर देख लो कि हमारे अधिकांश दफ्तरों में क्या हो रहा है ? लोग घर से खाकर आ रहे हैं, सामने के टेबल पर फाइलें रखकर, साथ मिलकर समाज और सरकार की आलोचना कर रहे हैं और फिर घर वापस जाकर भोजन पर टूट रहे हैं । केवल आने-जाने और वेतन पाने का काम हो रहा है ।

परिणामस्वरूप जो होना था, वही हो रहा है । आप अपने कार्यों में व्यस्त हैं और आपका बच्चा अपने कार्य में उलझा हुआ है। आप यह मान लें कि आप प्रबुद्ध माता-पिता नहीं हैं, क्योंकि जो लोग प्रबुद्ध होते हैं, वे छल-कपट और धोखाधड़ी में नहीं बल्कि बच्चों के लालन-पालन में प्रबुद्ध होते हैं ।

हमारा मनोविज्ञान कहता है कि बच्चों का काम है खेलना, चहकना और धमाचौकड़ी मचाना । अगर वे ऐसे नहीं हैं और उन्होंने अपने लिए शांत और एकांत जीवन चुन लिया है तो निश्चय ही यह बहुत चिंता की बात है । ऐसा देखा जाता है कि कुछ लोग यह कहकर बड़े गौरवान्वित होते हैं कि मेरा बच्चा शांत और गंभीर है, वह हिलता-डुलता नहीं, कोई शोर-शरारत नहीं करता है। ऐसे लोगों को समझना चाहिए उनका बच्चा उनकी ही गलती से पूरी तरह बीमार हो चुका है । उसकी बाहर की यह शांति उसके भीतर-भीतर एक बहुत बड़े तनाव में विद्रोह और आंदोलन का स्वरूप खड़ा कर रही है । मुझे याद आ रहा है कि शेक्सपियर के 'जूलियस सीजर' में एक ऐसा ही पात्र है, जो न हँसता-बोलता और न मुस्कराता है । वह बड़ा षडयंत्रकारी निकला और उसने जूलियस सीजर की ही हत्या करा दी । आप जान लें कि जिसके अंदर ऊर्जा का उचित स्राव न हो, जो हँसता-गाता-मुस्कराता न हो, जिसमें रागात्मिकता-वृत्ति का अभाव हो, वह व्यक्ति संसार के सबसे खतरनाक लोगों में से एक होगा ।

हमारा यह परम कर्त्तव्य है कि हम अपने बच्चों को गुमराह होने से बचाएँ । उनके जीवन को रागात्मक और स्नेहिल बनाने में अपना सहयोग प्रदान करें । किंतु, हमारे यहाँ तो अक्सर सब कुछ विपरीत चल रहा है । हम तो दफ्तर से घर आकर बच्चों पर बरस पड़ते हैं, और नहीं तो पत्नी से उलझ जाते हैं या फिर नौकरों को डांट-फटकार लगाने लगते हैं । अब यहाँ हमारे बच्चों को हमसे स्नेह, प्यार-दुलार की बातें, किताब कॉपियाँ, चॉकलेट और मिठाइयाँ चाहिए थीं, वहाँ हमने उन बच्चों को एक तनाव और दंश देना शुरू किया । मान लिया कि आपने दफ्तर में ढेर सारे काम निपटाए हैं, लेकिन इसमें ऐसी कौन-सी बुरी बात है कि आप झुंझलाए हुए हैं? हो न हो कि आपने लौटते हुए मार्ग में ही एक घंटे का समय बिताया हो, गप्पें-शप्पें हाँकी हो या फिर क्लब-रेस्तराँ भी घूम आए हों, किंतु वहाँ तो आप इतने झुंझलाए हुए नहीं थे । फिर घर में कदम रखते ही आपको क्या हो गया? मैं बताऊँ कि आपको क्या हुआ है, आप सिर्फ मुख्य धारा से कटने के अभ्यस्त होते जा रहे हैं । हम मंदिर छोड़कर उसकी चहारदीवारी के इर्द-गिर्द भटकने के अभ्यस्त होते जा रहे हैं ।

हम लोगों की इस उदासीनता से आज हजारों-लाखों बच्चे गहन तनाव और अवसाद के शिकार होते जा रहे हैं । उनका एकाकीपन यह प्रदर्शित करता है

कि वे डिप्रेशन में अपना जीवन व्यतीत कर रहे हैं । आज उन्हें बचाने की आवश्यकता है, नहीं तो उनका जीवन असमय ही नष्ट हो जाएगा । वे असमय ही कुम्हला और मुरझा जाएँगे ।

अतः माता-पिता को चाहिए कि वे अपने बच्चों के दोस्त बनें । उनके साथ हंसे, बोलें और खेलें । छोटे-छोटे बच्चों को शरीर के सभी अंगों की सफाई और उसकी संरचना का बोध कराएं । बच्चा क्या और कितना पढ़ रहा है इस बात की जानकारी रखें । समय-समय पर उनके शिक्षकों और विद्यालय के अन्य लोगों से जानकारी लें कि उनकी पाठचर्या तथा शेष अन्य गतिविधियों में वे नियमित रुचि ले रहे हैं कि नहीं । किंतु, यह ध्यान रहे कि इतना सब करते हुए भी हमारी दृष्टि चंगेजी नहीं होनी चाहिए । हमारी जलती हुई चंगेजी आँखों से बच्चे घबरा जाएँगे, क्योंकि सारे बच्चे बलकरण नहीं हो सकते । हमें बच्चों के मनोविज्ञान को समझना होना, उनसे दोस्ताना ढंग से बात करनी होगी, उन्हें विकृतियों और विकारों से बचाना होगा । तब जाकर उनकी बढ़ती हुई ऊर्जा संतुलित और एकत्र प्रभाव से उचित दिशा में विस्फोट कर पाएगी और उससे समाज का कल्याण हो सकेगा तथा रेगिस्तान की तपती हुई भूमि में शार्दूल की छटा निखर सकेगी । इसलिए मैं आग्रह करूँगा कि आप पहले अपनी खामोशी तोड़िए । आपकी खामोशी और मुर्दादिली के टूटने-बिखरने में ही बच्चों की प्रसन्नता और सुमार्ग का रहस्यपूर्ण नक्शा छिपा पड़ा है ।

■■■

आशंकाओं में जीता हुआ मनुष्य

फरीदाबाद, हरियाणा से फूलन चन्द मित्तल जी ने एक बड़ा ही महत्त्पूर्ण प्रश्न किया है । उन्होंने मुझसे पूछा है कि महाराज जी! प्रत्येक मनुष्य अपने जीवन में निरंतर उन्नति और विकास करना चाहता है, किंतु उसकी एक बड़ी समस्या यह है कि वह सदैव आशंकाओ में जीता रहता है, ऐसा क्यों?

भाई फूलन चन्दजी! मुझे यह ज्ञात हुआ है कि आप एक अत्यंत धार्मिक प्रवृति के व्यक्ति हैं । आप गोशाला आदि कई ख्यात धार्मिक संस्थाओं और सामाजिक संगठनों से जुड़े हुए हैं । समाज-उत्थान की दिशा में आपकी दिन दूनी प्रगति हो, ऐसी मेरी शुभकामना है । समाज के हित के उद्देश्य से ऐसे महत्त्पूर्ण प्रश्न उठाने के लिए आपको साधुवाद देना चाहता हूँ ।

जहाँ तक आदमी के आशंकाओं से घिरने की बात है तो मनुष्य किसी आशंका के साथ जन्म नहीं लेता, ऐसी परिस्थितियाँ तो उसके जीवन में बाद में आती हैं, जब वह स्वयं अपने चारों ओर आशंकाओं की एक मोटी ऊँची दीवार खड़ी कर लेता है और उसी में घिरकर दिन-रात कराहता रहता है । सच तो यह है कि आशंकाएँ आती नहीं हैं बल्कि मनुष्य स्वयं उन्हें पैदा करता है। आप विचार कीजिए की बच्चा जब जन्म लेता है तो उस वक्त और बाद के अनेक वर्षों तक उसके लिए कोई अपना-पराया नहीं होता है । ज्यों-ज्यों वह बड़ा होता जाता है, त्यों-त्यों घर, परिवार, जमीन और संपत्ति सब उसका अपना होने लगता है और फिर उसका दायरा सिमटने लगता है । कहने को तो वह बड़ा हो रहा है, किंतु सच्चाई यह है कि समय के इस अंतराल में उसका आकार दिनानुदिन सिमटता जा रहा है । वह छोटे से भी छोटा होता जा रहा है। उसमें दिन-पर-दिन वक्रता आ रही है और वह सिकुड़ता जा रहा है। उसका व्यक्तित्व कुंडली मारकर बैठे किसी जहरीले साँप जैसा घातक और विषैला होता जा रहा है। वह अनावश्यक अनेक तरह की आशंकाओं से घिर रहा है। उसके अंदर लोभ, मोह, क्रोध और अहंकार जैसी प्रवृत्तियों का तांडव शुरू हो चुका है और

वह तरह-तरह की बेवजह की शंकाओं से लदे हुए विषवृक्ष में तब्दील हो रहा है। उसका वास्तविक विस्तार अवरुद्ध है, क्योंकि विस्तार तो ऋजुता का होता है, वक्रता का नहीं। आज जिसे देखो, वह छोटा होने में, सिकुड़ने में ही परेशान है। कितने आश्चर्य की बात है कि व्यक्ति एक ओर तो सामाजिक प्राणी है और दूसरी ओर वह समाज से कटकर बिल्कुल सिकुड़कर एकान्त में अपने लिए सुख का अंबार लगाना चाहता है। कितनी बड़ी विडंबना है कि एक ओर तो वह एकांत में सुख भोगना चाहता है और दूसरी ओर अकेला रहने पर भयभीत होता है। कहा जाता है कि किसी व्यक्ति को यदि निर्बल बनाना हो तो उसे अकेला कर दो। व्यक्ति का यह स्वभाव है कि वह अकेला नहीं रहना चाहता, कहीं अकेला जाना नहीं चाहता, वह तो अकेले होने पर भयभीत होता है। यह अलग बात है कि संतों के संबंध में यह बात लागू नहीं होती क्योंकि वे संयमी होते हैं और एकान्त में ही साधना करते हैं। गृहस्थ कभी एकान्त सेवी नहीं हो सकता, लेकिन अब तो गृहस्थ भी परिवार और समाज से कट गए हैं। परिवार में दीवार खड़ी हो रही है और एक-दूसरे के प्रति आशंकाएँ बढ़ती जा रही हैं।

इन आशंकाओं के बारे में एक महत्त्वपूर्ण बात जो गौरतलब है, वह यह कि जो व्यक्ति समाज और परिवार से कटा-सिकुड़ा रहता है, जिसने अपनी एक अलग दुनिया खड़ी कर ली है और जो न खुद पर भरोसा करता है और न ही दूसरों पर, आशंकाएँ उसी के मन में जन्म लेती हैं। खुद को परमात्मा के हाथों सौंप देने वालों के मन में आशंकाओं का जन्म नहीं होता। जो परमात्मा गजेन्द्र को बचा सकता है, जो गिद्ध और अजामिल का उद्धार कर सकता है, वह हमें भी आशंकाओं और द्विविधाओं से मुक्त कर सकता है। हमें उस पर भरोसा करना होगा। तुम एक छोटे बच्चे को देखो। किस निश्चिंतता और भरोसे के साथ वह हम पर निर्भर रहता है। वह हम पर निर्भर है तो हम चाहे जैसे हो, उसके लिए दूध, आहार की व्यवस्था करते हैं, हर पल उसके लिए चिंतित रहते हैं और उसका तनिक भी कष्ट हमें बेचैन कर डालता है। वह परमात्मा भी वैसा ही है। वह भी हमारे लिए चिंतित और परेशान रहता है, यदि हम उस पर एक निश्छल बालक के समान निर्भर हो जाएँ। किंतु, हमारी स्थिति तो बिल्कुल दूसरी है, हम जितने बड़े होते जाते हैं, प्रकृति से और परमात्मा से हमारी दूरी उतनी ही बढ़ती चली जाती है। जब हम बच्चे थे तो सारा गाँव-नगर, बाग-बगीचा, पशु-प्राणी हमें अपने प्रतीत होते थे, किंतु अब तो

हमारे लिए सारा शहर पराया है, सारा गाँव अदना है । केवल उसके बीच या किनारे खड़ा एक निर्जीव मकान अपना है । उसमें अपना नेम प्लेट देखकर हमें बड़ा संतोष मिलता है और बड़ी भारी तृप्ति मिलती है ।

आज हमारे समाज में कहीं भी संयुक्त परिवार देखने को नहीं मिलता । परिवार का ऐसा स्वरूप अब इतिहास का विषय है । अब तो पति-पत्नी और बच्चे को ही परिवार समझा जाता है । कहीं-कहीं तो ये बातें भी लागू नहीं होतीं । चारों तरफ एक विचित्र प्रकार का बिखराव हो रहा है । इस बिखराव और टूटन से प्रभावित व्यक्ति का चित्त अशांत है और वह भय तथा आशंकाओं में जीने को विवश है । आपने ध्यान दिया होगा कि एक मित्र जब दूसरे मित्र से मिलता है या आपस में दूरभाष पर बातें करता है तो दूसरे मित्र से पूछता है कि समाचार सब ठीक है न? समाचार तो ठीक है ही और उसे ठीक होना भी चाहिए, किंतु हमारे मन में ऐसी आशंका क्यों है? आपने व्यावहारिक जीवन में अनुभव किया होगा कि लोग अकसर ऐसा सोचते रहते हैं कि कहीं घर न गिर जाए, बाढ़ न आ जाए या फिर सूखा न पड़ जाए । यह कितने दुःख की बात है कि हम अनावश्यक एक बीमार मानसिकता लेकर बैठे हुए हैं ।

हमारी यह बीमार मानसिकता हमारे विस्तार को बाधित करती है । एक ओर तो हम विश्व बंधुत्व और वैश्विक एकता की बात करते हैं और दूसरी ओर खुद के द्वारा निर्मित एक तुच्छ तहखाने में कैद होकर रहना चाहते हैं । हम जब तक स्व निर्मित इस घेरे को नहीं तोड़ेंगे, जब तक हमारी सोच धनात्मक और ऊर्जस्वित नहीं होगी, तब तक हम अपने ही हाथों बुने आशंकाओं के जाल में पड़े छटपटाते रहेंगे । यदि हम प्रसन्नता और आनंद से लबालब भरा हुआ जीवन व्यतीत करना चाहते हैं, स्वसृजित आशंकाओं से मुक्ति चाहते हैं तो हमें समाज और प्रकृति का पूरा-पूरा साहचर्य स्वीकारना होगा और उतनी ही निष्ठा और तत्परता के साथ खुले हृदय और स्वच्छ मन से परमात्मा को पुकारते हुए उनकी तरफ दौड़ना होगा, तभी वह परमात्मा एक ममतालु और सहृदय पिता के समान हमें अपनी बाँहों में उठाकर चूम लेगा और हम तमाम परेशानियों, जद्दोजहद और आशंकाओं से स्वयं को मुक्त कर पाएँगे । ■■■

परिवार में बढ़ता वैमनस्य

गोपालगंज, बिहार के एक गाँव से एक भक्त का प्रश्न आया है कि महाराज जी! इन दिनों पारिवारिक वैमनस्य बढ़ता ही जा रहा है । इस वैमनस्य का मूल कारण क्या है?

आचार्यश्री- भाई, बात तो आपकी सच है पर आपके इस प्रश्न का उत्तर तो मुझ जैसे साधु-संन्यासियों की अपेक्षा ज्यादा अच्छा आप लोग जानते होंगे । कारण कि समस्या जहाँ है, निदान वहीं कहीं आस-पास ही होना चाहिए । मैं तो प्रायः यह सोचता हूँ कि हर घर में भजन-कीर्तन और पूजन होना चाहिए । प्रायः ऐसा होता भी है, किंतु आपकी बात भी सच है कि इस भजन-पूजन के समानांतर परिवार के सदस्यों के बीच वैमनस्य भी प्रत्यक्ष या परोक्ष चलता रहता है । ऐसा नहीं है कि यह समस्या केवल हमारे-आपके गाँव, शहर या देश की है । आज दुनिया के प्रायः सभी हिस्सों में ऐसा ही चल रहा है । आज आप कहीं भी चले जाएँ आपको यह आभास होगा कि लोगों के बीच जुड़ाव दिनानुदिन कम होता जा रहा है । अभी कुछ दिन पहले मैं मॉरीशस गया था । मैंने देखा कि प्रायः प्रत्येक घर के सामने उसके प्रांगण में ही एक मंदिर बना हुआ है । और मंदिर है तो पूजा भी खूब होती है, किंतु वहाँ भी वैमनस्य कम नहीं है। हम जिसकी पूजा करते हैं, वह परमात्मा तो हम सब का भला चाहता है। वह तो हमारे बीच आपसी जुड़ाव और एकता पाकर प्रसन्न होता है। हमारी सामूहिक आरती से आह्लादित होने वाला वह परमात्मा भला हमारे भीतर वैमनस्य का भाव कैसे भर सकता है । चरणामृत और प्रसाद ग्रहण करते वक्त तो छोटे-बड़े, अमीर-गरीब सभी के हाथ फैलते हैं । फिर हम इस फैलाव को बनाए क्यों नहीं रख सकते? क्या स्वार्थ, सिकुड़न और वैमनस्य के रहते हमारी पूजा सफल हो पाएगी और क्या हम एक सहज-सच्चे इंसान बने रह पाएँगे?

जहाँ तक मेरी सोच है, इस आपसी वैमनस्य के तीन प्रधान कारण हैं। वे हैं- हमारा अहंकार, स्वार्थ और हमारी बोली। आप सच मानो कि हमारा अहंकार हमसे कई गुना बड़ा है। इसके प्रभाव में आकर हम एक दूसरे से सीधे मुँह बातें नहीं करते हैं। इसके वश में आकर हम इस प्रतीक्षा में पड़े रहते हैं कि कोई हमें प्रणाम करे और ऐसा अवसर आने पर हम जान-बूझकर अन्यों का अभिवादन भी स्वीकार नहीं करते। हम राम-राम और दुआ-सलाम का समुचित प्रत्युत्तर भी नहीं देते। हममें से कुछ लोग तो ऐसे भी हैं जो अपना मकान या कपड़े-गहने दिखाने के बहाने ही अपना अहंकार दिखाते हैं। अपने अहंकार में हमने पूजा-पाठ और पर्व-त्योंहारों की सात्विकता को भी दफन कर दिया है। आज स्थिति यह है कि अवसर पाते ही हम अपने वैभव के प्रदर्शन की ओछी हरकत करने लगते हैं।

सत्यनारायण स्वामी की कथा हो या दीपावली जैसा प्रकाश-पर्व, हम आचरण की पवित्रता की जगह चाँदी के दीपक रखकर अन्यों पर अपना प्रभाव छोड़ना चाहते हैं। आप सोचिए कि आज भी हमारे देश में हजारों-लाखों ऐसी झोपड़ियाँ हैं, जिनमें दीये नहीं जलते तो फिर कैसी और कहाँ दिवाली, लेकिन दूसरी ओर हमारा झूठा अहंकार है, जो नाग की तरह फन खड़ा किए हमें डंक मार रहा है। दुर्भाग्य की बात तो यह है कि हम जितने बड़े होते जाते हैं, हमारा अहंकार भी उतना बड़ा होता जाता है। छोटे बच्चे का अहंकार छोटा होता है, किंतु जब वही बड़ा हो जाता है तो उसकी अहंकारी प्रवृत्ति भी बड़ी हो जाती है। हमारे बीच बहुत से ऐसे लोग भी हैं, जिनमें इस बात के लिए ठनती रहती है कि तुम्हारी मूँछों से हमारी मूछें बड़ी हैं। इतना ही नहीं पिता-पुत्र और पति-पत्नी के बीच भी यह अहंकार आ खड़ा होता है। वे वर्षों-वर्ष कलह, घृणा और नफरत में तड़पते रहते हैं, किंतु एक दूसरे के समक्ष झुकने का नाम नहीं लेते। तुम यह जान लो कि तुम्हारी आत्मा में एक दरार पड़ी हुई है और प्रभु इस दरारवाली आत्मा के साथ तुम्हें अपने मंदिर में कदापि प्रवेश नहीं देगा।

आपसी वैमनस्य का दूसरा प्रधान कारण है हमारा स्वार्थ। स्वार्थ में पड़ा व्यक्ति अंधा हो जाता है। उसका विवेक मर जाता है और उसकी आत्मा कुंठित हो जाती है। उसमें सत्य-असत्य के परख की क्षमता नहीं होती। उसे नेक सलाह और परामर्श जहर जैसा प्रतीत होता है, वह सारी दुनिया का वैभव अपनी मुट्ठी में भरकर रखना चाहता है और अपने इष्ट-मित्र को भी धोखा

देने से नहीं चूकता। उसके लिए सगे-संबंधी और सड़क चलते अपरिचित में ज्यादा भेद नहीं होता। वह माता-पिता, भाई-बहन और बंधु-बांधव को भूलकर एक संकीर्ण दायरे में सिमटता चला जाता है। ऐसा व्यक्ति नीचता की हद तक उतरकर किसी का गला रेत सकता है। ऐसी दशा में अपने परिजन-पुरजन से उसका बनाव कभी संभव नहीं होता और धीरे-धीरे पारिवारिक वैमनस्य बढ़ता चला जाता है। दूसरी ओर हमारी बोली के कारण भी परिवार में कलह, द्वेष और वैमनस्य की स्थिति उत्पन्न होती है। किसी ने ठीक ही कहा है कि बोली हमें गोली से भी ज्यादा भीतर तक घायल करती है। एक बोली ऐसी होती है, जो हमें अपनी ओर आकर्षित करती है, खींचती है और दूसरी बोली हमें धक्के देकर पीछे धकेल देती है। आज बेकार ही व्यस्तताओं और भाग-दौड़ के परिणाम स्वरूप भी लोगों की सहनशक्ति कम होती जा रही है। हम बात-बात पर उबल पड़ते हैं और हमारा आपसी संबंध बिगड़ने लगता है। डंडे की चोट तो देर-सवेर मिट जाया करती है पर बोली की पीड़ा हमें सालों साल कष्ट देती है।

बोली की मधुरता का जादू कैसा होता है, यह हम सभी जानते हैं। आपने देखा होगा कि शादी-विवाह के अवसर पर लोगों को तरह-तरह की गालियों से नवाजा जाता है लेकिन लोग हँसते और खिलखिलाते रहते हैं। गालियों के साथ अपना नाम सुनकर धन्य होते हैं और अपना सौभाग्य समझते हैं, किंतु वही गाली यदि सामान्य सामाजिक व्यवहार के वक्त किसी को दी जाए तो अनर्थ होकर ही रहेगा।

आप इतिहास पलटकर देखिए कि संसार में जितनी भी बड़ी विनाश-लीलाएँ मानवों के द्वारा हुई हैं, उनके पीछे व्यक्ति का स्वार्थ, या तो अहंकार या उसकी बोली ही जिम्मेदार होती है। रामायण और महाभारत की घटनाओं से लेकर द्वितीय विश्वयुद्ध तक कोई भी विध्वंस कृत्य इस सत्य का अपवाद नहीं है। अतः आप चाहते हैं कि आपके परिवार में आपसी सौमनस्य और सरसता बनी रहे तो आप अपने इन तीनों दुर्गुणों पर नियंत्रण रखिए। इसी में आपका और आपके परिवार का कल्याण निहित है।

स्वार्थ अहंकार है द्वेष बढ़ाता कर देता बिखराव,
अपने-पराये का भेद कराता हो जाता अलगाव ॥

■■■

सुख क्या है?

दुर्गापुर, पश्चिम बंगाल से एक भक्त ने पूछा है कि महाराज जी सुख क्या है?

महाराजजी– भाई! आपका प्रश्न बड़ा गंभीर है, लेकिन प्रश्न है तो उत्तर भी होना ही चाहिए। मेरी दृष्टि में तो इस बात का एक सीधा और सहज उत्तर है कि दुःख का न होना ही सुख है। अगर हम शरीर से स्वस्थ और बलिष्ठ हैं, यदि हम अन्न, फल, कंद आदि उचित खाद्य पदार्थ प्रसन्नता से खाते और पचाते हैं तो हम शरीर से स्वस्थ और सुखी हैं। किसी मनीषी ने कहा भी है कि पहला सुख निरोगी काया। किंतु, केवल शरीर से ही स्वस्थ होना सुखी होना नहीं है। शरीर के साथ-साथ हमारे मन की भी संतुष्टि और प्रसन्नता आवश्यक है। यदि हमारा मन संतुष्ट और प्रसन्न नहीं है तो हम शरीर से हृष्ट-पुष्ट और बलिष्ठ होकर भी सुख का अनुभव नहीं कर सकते।

हमारे शास्त्रों में मूलतः तीन प्रकार के दुःखों अर्थात् त्रिताप की बातें कहीं गई हैं। आज भी हमारे सामान्य गृहस्थ जीवन में यह अक्षरशः लागू होता है। महात्मा बुद्ध ने तो इसी दुःख को आधार बनाकर चार आर्य सत्यों की स्थापना की और इसके निवारण के लिए अष्टांगिक मार्ग का उपाय सुझाया। अपने सामाजिक और गार्हस्थ्य जीवन में हम भौतिक सामग्रियों की अनुपलब्धता या कमी को प्रायः दुःख की संज्ञा देते हैं। उसी प्रकार यदि हमारे शरीर का कोई अवयव ठीक से काम नहीं करता या फिर हमें कोई व्याधि सताती है तो इसे भी हम दुःख मानते हैं और यदि विधाता ने किसी को विकलांगता दी है, असमय और अनपेक्षित रूप में कोई दैवी विपत्ति आई है तो यह सबसे बड़ा दुःख समझा जाता है। किंतु, आज हमने सुख-दुःख को प्रायः धन-संपत्ति के साथ जोड़ दिया है, आज हालत यह है कि जिसके पास जरूरत से जितना ज्यादा धन है, हमारे समाज में वह उतना ही सुखी समझा जाता है। चाहे वह धन उसने कितना भी अनैतिक तरीके से उगाहा हो।

सुख के संबंध में ऐसी भ्रामक दृष्टि विकसित होने से हमारे समाज में बड़ी तीव्रता के साथ लोगों का नैतिक ह्रास हुआ है। आज जिसे देखो येन-केन-प्रकारेण धन-संग्रह में लगा हुआ है। दफ्तर का बाबू हो या कपड़े का व्यापारी, समाज-कल्याण और खुफिया विभाग का मंत्री हो या लोहे अथवा स्टील के कारखाने का चौकीदार, कोई व्यक्ति और स्थान इस विचित्र बीमारी से अछूता नहीं है।

सुख के संबंध में एक महत्त्वपूर्ण बात है कि यह सदैव दृष्टि सापेक्ष हुआ करता है। अर्थात जो विषय या बात किसी एक के लिए भीषण दुःख का कारण होती है, उसी में किसी दूसरे को असीम आनंद की अनुभूति होती है। अगर ऐसा नहीं होता तो व्याधे को क्रौंचवध में रस कैसे मिलता और महर्षि वाल्मीकि की करुण कविता कैसे फूटती। हमारे इतिहास की इसी घटना को आधार बनाकर छायावादी कवि पंत ने अपनी अमर कविता रची। उन्होंने लिखा-

पहला होगा वियोगी कवि, आह से उपजा होगा ज्ञान।
निकलकर आँखों से चुपचाप, बही होगी कविता अनजान॥

यहाँ यह भी उल्लेखनीय है कि पक्षिवध की ऐसी ही एक दूसरी घटना कपिलवस्तु के राजकुमार सिद्धार्थ की प्रेरणा बनी और उन्हें बुद्धत्व तक पहुँचाया। आप गँजेरी-भँगेरी और शराबियों को देखिए, कामियों और विलासियों को देखिए और दूसरी तरफ संत-महात्माओं और साधकों-संन्यासियों को देखिये। सुख को परिभाषित करना आपके लिए काफी आसान हो जाएगा। सूरदासजी के भ्रमरगीत में एक बड़ा अच्छा प्रसंग आया है। श्रीकृष्ण के द्वारा उद्धवजी गोपियों को समझाने के लिए भेजे जाते हैं। वे गोपियों को तरह-तरह की ज्ञान की बातें बताते हैं और उनसे आग्रह करते हैं कि श्रीकृष्ण को भूल जाएं। किंतु, गोपियां एक वाक्य में उद्धवजी के प्रस्ताव को खारिज कर देती हैं। वे कहती हैं कि हे उद्धवजी! यह तो मन मानने की बात है। विष का कीड़ा तो विष ही खाएगा, उसे छुहारे और अंगूर से क्या लेना-देना। अब आप बताइए कि सुख क्या और कहाँ है?

सच तो यह है कि सुख का होना न होना केवल आपकी आंतरिक स्थिति या मनोदशा पर निर्भर करता है। जिन बातों में आपको आनंद आता है, जो चीजें आपको अच्छी लगती हैं और जो लोग आपको प्रिय हैं, उनसे आपका सान्निध्य या साहचर्य बने रहना ही सांसारिक तौर पर सुख है। किंतु, यहाँ यह

ध्यान देने की बात है कि हमारी जरूरतें, रुचि और मनः स्थिति प्रायः बदलती रहती हैं और जो चीजें हमें आज सुखकर प्रतीत होती हैं, कोई जरूरी नहीं कि कल भी सुखकर प्रतीत हों । इस बात को आप ऐसे समझिए कि जाड़े में अँगीठी सेंकना प्रियकर होता है, किंतु गर्मी में हम उससे बिलकुल परहेज ही पसंद करते हैं ।

आप यह जान लीजिए कि विधाता ने हम मनुष्यों को अन्य प्राणियों की अपेक्षा विलक्षण और बुद्धिमान बनाया, किंतु हम अपनी ही बुद्धि के मकड़जाल में उलझते चले गए । आप संसार में नजर उठाकर देखिए कि हम मानवों को छोड़कर कौन ऐसा प्राणी है जो इतना हाँफता और कराहता हुआ दिखाई देता है । चिड़िया दाना चुगती है, बच्चों की चोंच में डालती है और मस्त होकर फुदकती रहती है । अन्य प्राणियों की भी प्रायः यही स्थिति है। केवल हम मनुष्य हैं, जो निन्यानबे के फेर में दिन-रात पड़े हुए एक दूसरे के सिर को रौंदते रहते हैं । कहने को तो हम मनुष्य एक सामाजिक प्राणी हैं, किंतु हमसे अधिक सामाजिकता पशु-पक्षियों में देखने को मिलती है ।

हमारा समाज एक कायदे से चलता है । हमने मिलजुलकर ही नियम और कायदे बनाए हैं, फिर बेलीक होना और प्रपंच रचना हमारी-तुम्हारी घिनौनी हरकत नहीं तो और क्या है? अगर ये कानून और कायदे बेमानी हो गए हों, तो मिल-बैठकर उन्हें सुधारना और नये कानून बनाना भी हमारा धर्म है । इस तरह से होड़ में पड़ना तो तुम्हें केवल दुःख और अशांति ही दे सकता है ।

जहाँ तुम्हारा मन रमे, जिस काम को करने में तुम्हारी आत्मा तुम्हें धिक्कारे नहीं, जो प्रसंग और बात तुम्हें प्रकृति और परमात्मा के प्रति अनुरक्ति दे, समझो तुम्हारे सुख का आधार वही है । यदि सचमुच तुम सुख पाना चाहते हो तो संग्रह का मोह त्यागकर, विकार-वासनाओं से मुँह फेरकर बालसुलभ निश्छलता के साथ अपने आपको परमात्मा के हवाले कर दो । विश्वास करो कि वह इतना ममत्वपूर्ण और दयालु है कि वह तुम्हारे दामन को खुशियों से भर देगा और इस प्रकृति के वृहद् प्रांगण में तुम्हारी किलकारी सदा-सदा के लिए गूँजती रहेगी । ■■■

सुखी जीवन का रहस्य

गौर बाजार, नेपाल से एक भक्त का प्रश्न आया है कि हम अपने जीवन को कैसे सुखी बना सकते हैं?

प्रश्न थोड़ा पेचीदा है क्योंकि हमें पहले यह तय करना होगा कि सुख क्या है? मोटे तौर पर हम ऐसा भी कह सकते हैं कि हमारे जीवन में किसी प्रकार के दु:ख का न होना ही सुख है । कहा गया है कि पहला सुख निरोगी काया अर्थात हमारा स्वस्थ रहना ही सबसे पहला सुख है । किंतु, आज जरा आप अपने आस-पास नजर दौड़ाकर देखें और तय करें कि इन हताश, निराश और हाँफते हुए लोगों में से किन्हें स्वस्थ कहा जा सकता है? हमारे आस-पास के ये सारे के सारे लोग तो अपनी अनंत इच्छाओं के दास बने बैठे हैं । इनके पास महँगी कारें हैं, आलीशान महल है, लॉकरों में रखे हुए ढेर सारे रुपये, सोना-चाँदी और हीरे-जवाहिरात हैं । भोजन परोसने और कपड़े धोने-सुखाने के लिए अलग-अलग नौकर-चाकर हैं, फिर भी ये सुखी नहीं हैं क्योंकि इनका शरीर रोगग्रस्त और मन विकारग्रस्त है । ऐसे लोग धन कमाकर और ऐश्वर्य जुटाकर भी प्रसन्न नहीं रह पाते । इन्हें डॉक्टर ने चावल-चीनी, अखरोट और मुनक्का खाने से मना कर रखा है, इनके पीछे इनकम टैक्स और सी.बी.आई. के लोग लगे हुए हैं । इन्होंने अपने इर्द-गिर्द ऐसा सुंदर जाल बुन रखा है कि सारे के सारे लोग इसी में आकर उलझ रहे हैं ।

इसका मतलब आप यह न समझ लें कि मैं आपके द्वारा धनोपार्जन के खिलाफ हूँ । धनोपार्जन तो हमारे लिए जरूरी है । नियम, संयम और ईमानदारी से कमाया गया धन तो परिवार और समाज के लिए कल्याणकारी होता है । धन तो वे कमाते हैं, जो पुरुषार्थी और वीर होते हैं । कायर, डरपोक और निराशावादी लोग धन का उपार्जन नहीं कर सकते । आप महाभारत का उदाहरण लें । स्वयं भीष्म पितामह ने वहाँ धन की महत्ता का बखान किया है । बहुत से लोग बाइबिल का उदाहरण देते हैं । बाइबिल में कहा गया है कि सुई की

छेद से कोई ऊँट आर-पार निकल जाए यह तो संभव है, किंतु यह संभव नहीं है कि कोई धनी स्वर्ग चला जाए । आप बाइबिल की इस उक्ति पर विचार करें और अपना मनमाना अर्थ न लगाएं । हम मनुष्य बहुत चतुर जीव हैं, किसी बात का अर्थ हम अपनी सुविधा के अनुसार लगा लेते हैं । बाइबिल की उपर्युक्त उक्ति हमें धन कमाने से मना नहीं करती, बल्कि धन उगाहकर अहंकार करने से मना करती है । हमारे चार पुरुषार्थ धर्मार्थ-काम-मोक्ष में शेष तीन की सत्ता प्रायः अर्थोपार्जन से ही संबंधित है ।

जीवन में सुख की प्राप्ति के लिए सबसे बड़ी बात है हमारी आंतरिक प्रसन्नता । हम कितने प्रसन्न हैं, हम कितना ठहाका लगा सकते हैं, हम कितना उन्मुक्त होकर हँस-गा और खेल सकते हैं, इस बात पर हमारा सुख निर्भर करता है । हमारे सुख का आधार तो हमारे खुद के अंदर की सरलता और निश्छलता हुआ करती है । आप छोटे-छोटे बच्चों को देखिए । वे जिस भाव से खिलौनों पर टूटते हैं, उसी भाव से साँप, बिच्छू और जहरीले जीवों को भी अपनाना चाहते हैं । उनके लिए सृष्टि के सारे प्राणी-पदार्थ क्रीड़ा और कौतुक के विषय हैं । आपने बड़े-बड़े संत-महात्माओं को देखा होगा । उनके पास माल-असबाब या फिर धन-सम्पत्ति हो या न हो, उन्हें कोई फर्क नहीं पड़ता और उन्हें किसी बात की फिक्र भी नहीं। यही कारण है कि सत्य की खोज के लिए सिद्धार्थ ने कपिलवस्तु के वैभव को इतनी आसानी से ठुकरा दिया था ।

प्रत्येक व्यक्ति का यह हक है कि वह अपने जीवन के समक्ष एक बड़ा लक्ष्य खड़ा करे और उसे साधने का, उस पर पंजा डालने का हर संभव प्रयास करे । यदि वह व्यक्ति विफल हो रहा है, कुम्हला रहा है, बीमार और बूढ़ा हो रहा है तो इसका अर्थ है कि अपने लक्ष्य के प्रति वह पूरी निष्ठा से लगा नहीं है । तुम यह जान लो कि तुम्हें अपने जीवन में शिलालेख लिखना है और अपनी गहरी छाप छोड़नी है । तभी तुम्हारा जीवन सुखी हो पाएगा और तभी तुम आदर और यश के अधिकारी बनोगे । मैं बीमार हूँ, लाचार हूँ, बूढ़ा हूँ ऐसा कहना तो अपनी जवाबदेहियों से भागना है । तुम अपने जीवन को निष्क्रिय मत बनाओ । इसे काँटो से भरने से बचा लो । तुम स्वयं से प्रेम करो, स्वयं पर विश्वास करना और खुद को महत्त्व देना सीखो, यदि तुमने खुद के प्रति, परिवार के प्रति और संसार के प्रति अपने अंदर राग पैदा कर लिया तो समझो तुम्हारा जीवन सुखी हो गया ।

मैं देखता हूँ कि सत्संग में बहुत सारे लोग आते हैं । यहाँ उन्हें जीवन जीने की विधि बताई जाती है, जीवन के गूढ़ रहस्यों से परिचित कराया जाता है, किंतु यहाँ से जाकर वे सारी अच्छी बातें भूल जाते हैं और केवल बुरी बातों की चर्चा करते हैं । आज हमारे समाज में इस नकारात्मक सोच के लोगों की संख्या दिनानुदिन बढ़ती ही जा रही है । वे दिनभर दूसरों की आलोचना करने, सरकार की उपलब्धियों की गणना करने और न जाने दूसरी किन-किन बातों में अपना समय जाया करते रहते हैं, किंतु उन्हें खुद क्या करना है इस बात पर विचार करने की उन्हें फुर्सत नहीं होती ।

मैं कहता हूँ कि तुम अपने बारे में विचार करो । तुम्हें क्या करना है, यह सोचो । तुम अभी से अपनी जीवन-शैली बदल डालो, देखो कि कल से तुम्हारे जीवन में कितना भारी परिवर्तन आता है । तुम विश्वास करो कि मरने के दिन तक तुम्हारी जवानी क्षरित नहीं होगी, तुम कभी बीमार नहीं पड़ोगे और बुढ़ापे का तो तुम्हें आभास भी नहीं होगा । बूढ़ा तो वह है जो पच्चीस वर्ष की अवस्था में ही दिनभर हाथ पर हाथ धरे निष्क्रिय बैठा रहता है । उसके पैरों में न तो गति है और न ही हृदय में उमंग । तुमने गाँव के हलवाहे को देखा होगा । अस्सी वर्ष की अवस्था में भी वह जेठ की दोपहरी को झुठलाकर धूप गरमाने से पहले ही दस कट्ठा खेत जोतकर दरवाजे पर लौट आता है और बैलों को सानी-पानी देकर खुद अन्न-जल में मिलकर किसी पीपल की छाया में या अमराई में जमीन पर अंगोछा डालकर सुस्ताता हुआ ठाठ से कोयल की पंचम तान में सुर मिलाता रहता है । उसे बुलबुल का फुदकना और गिलहरी का डाल-डाल कूदना असीम आनंद देता है, फिर तुम किस सुख की बात करते हो । आचार्य हजारी प्रसाद द्विवेदी ने अपनी एक रचना में बड़ा अच्छा लिखा है कि वसंत आता नहीं है, ले आया जाता है । तुम भी चाहो तो अपने जीवन में पल-पल इस वसंत को उतार सकते हो । तुम भी कोयल की तरह गा सकते हो, भौंरों की तरह गुनगुना सकते हो, फूलों की तरह हँस सकते हो, परिंदों की तरह उड़कर मंदिर-मस्जिद की सैर कर सकते हो और नदी-झरनों में डुबकी लगा सकते हो । तुम एक बात गाँठ बाँधकर याद रखो कि सुख सदैव प्रक्रिया में निहित होता है, उसकी प्राप्ति तो बस एक विराम है । तुम रुकना नहीं, चलना सीखो । अपने जीवन में गति पैदा करो और जीना सीखो, सुख तुम्हें मिलता रहेगा । ■■■

सुखी परिवार का रहस्य

बाँकीपुर, पटना से एक भक्त का प्रश्न है कि महाराजजी, परिवार में सुख-शांति बढ़ाने का क्या उपाय है? जहाँ तक सुख-शांति का प्रश्न है तो मेरी तो धारणा यह है कि परिवार बनाया ही गया सुख-शांति के लिए, अगर सचमुच परिवार है तो वहाँ सुख-शांति होनी चाहिए। यदि फैमिली है तो बात कुछ और है। हो यह रहा है कि अब हमारे यहाँ भी परिवार की जगह 'फैमिली' विकसित हो रही है और सारी गड़बड़ी इसी से खड़ी हो रही है।

आज लोग अतिशय महत्त्वाकांक्षी हो गए हैं। उन्हें थोड़े में संतुष्टि मिलना तो दूर पर्याप्त मिलने पर भी संतोष बिल्कुल नहीं हो रहा है। एक मकान पहले से बना-बनाया है तो दूसरा चाहिए, एक गाड़ी पहले से है, तो नए मॉडल की चाहिए। यही बात कपड़ों और जूतों तथा उपयोग की अन्य अनेक सामग्रियों के बारे में लागू होती है। हमारी फैशनपरस्ती और नकल की प्रवृत्ति इन दिनों इतनी बढ़ गई है कि हम तृप्त होना बिल्कुल भूल गए हैं। घर, मोटर, कार, बंगला, गहनों और कपड़ों के लिए एक अजीब ही उद्देश्यहीन आपा-धापी मची हुई है। आश्चर्य की बात तो यह है कि जिसके पास जितना है, वह उन चीजों के लिए उतना ही लालायित दिखता है। हमारे समाज में पहले यह प्रवृत्ति नहीं थी। सामान्य गृहस्थ और गरीब परिवार के लोग भी बहुत खुश और संतुष्ट रहते थे। हमने तो यहाँ तक सुन रखा है कि एक परिवार में अगर पाँच भाई हैं तो सबके बीच एक-दो मिरजई और एक जोड़ा जूते ही रहते थे। उन भाइयों में जिसे भी अपने हित-कुटुम्ब के यहाँ जाना होता था, वह उस मिरजई और जूते का उपयोग करता था।

ऐसा नहीं है कि उस जमाने में हमारे यहाँ अमीर लोग नहीं थे। बीच के समय में तो ये अमीर-उमराँव, राजा और बादशाह लोग विलासप्रिय भी हुआ करते थे और अपनी विलासिता का खुलकर प्रदर्शन भी करते थे। प्रायः आम आदमी का जीवन सुख-संतोष में ही कटता था। यह सच है कि तब की

परिस्थितियाँ बिल्कुल अलग थीं और आज की परिस्थिति उनसे काफी भिन्न है । आज हम अपने अधिकारों और सुविधाओं के लिए खुलकर बोल सकते हैं और अपने हक की लड़ाई लड़ सकते हैं । मैं यह नहीं कहता हूँ कि हमें गरीबी में जीवन गुजारने का अभ्यस्त बना रहना चाहिए । सुविधा और सुख जुटाने के लिए प्रयासरत रहना अच्छी बात है पर इसके कारण अपने माता-पिता, भाई-बहन और हित-कुटुम्ब और सगे-संबंधियों को दरकिनार करने की कोशिश करना, उन्हें तरह-तरह से प्रताड़ित करना हमारे लिए बहुत ही ग्लानि और दुर्भाग्य की बात है ।

आज हमारी महत्त्वाकांक्षा इतनी बढ़ी हुई है कि उसकी पूर्ति के लिए हम कुछ भी करने पर उतारू हैं । अब तो पहले की तरह हमारा परिवार भी नहीं रहा । पहले एक परिवार में स्त्री-पुरुष और बच्चों की संख्या मिलाकर औसतन 20-30 या उससे भी ऊपर हुआ करती थी, किंतु आज यह संख्या ज्योंही सात-आठ के ऊपर होती है तो परिवार बड़ा कहलाने लगता है। हमारी मानसिकता तो अब इतनी बदल गई कि जिस परिवार में लोग बेटी का ब्याह करना चाहते हैं, उसमें लोगों की कुल संख्या चार-पाँच से अधिक नहीं चाहते । इधर हाल के वर्षों में हमारी सरकार ने भी ऐसे ही परिवारों को तरजीह देना शुरू कर दिया, जिससे लोगों की इस सोच को और अधिक बल मिलने लगा । आज तो लोग परिवार का अर्थ लगाते हैं मैं, मेरी पत्नी और मेरे एक-दो बच्चे । एक तरह से देखें तो परिवार से माता-पिता का ही नाम अलग हो गया है, फिर भाई-बहनों और दूसरे सगों की बात तो कुछ और ही है ।

छोटे परिवार के समर्थन में लोगों के द्वारा प्रायः यह दलील सुनी जाती है कि देश की जनसंख्या काफी बढ़ गई है, जिसका कम होना बहुत जरूरी है। यह बात तो ठीक है कि हमारे देश में जनाधिक्य है, किंतु इसमें कमी लाने के लिए परिवार को बाँटने और बिखराने की जगह संयम-शिक्षा और वैज्ञानिक साधनों की जरूरत है । हम चतुर लोग हैं और हर बात की व्याख्या अपनी सुविधा और इच्छा के अनुसार किया करते हैं । यही कारण है कि आज एकल परिवार या न्यूकिलियर फैमिली के समर्थन में तरह-तरह के तर्क दिए जाते हैं। यह माना जा सकता है कि परिवार का जो वर्त्तमान स्वरूप विकसित हो रहा है, उसमें भी कुछ अच्छाइयां होंगी, किंतु इतना भर से ही हमें अपने आदर्शों और संस्कृति को तिलांजलि नहीं देनी चाहिए ।

आज आप शहरों में देखिए, बंद डिब्बों से छोटे-छोटे घरों में लोग रहने को मजबूर हैं । यहाँ तो खुद उनके लिए ही पर्याप्त जगह नहीं है, फिर औरों की बात भला कहाँ आती है ! गावों की स्थिति शहरों की अपेक्षा कुछ भिन्न जरूर है, किंतु लोगों का शौक इतना बढ़ गया है, उनकी इच्छाएँ ऐसी बलवती हो गई हैं कि वे गाँव छोड़कर निरंतर शहर की ओर पलायन करते जा रहे हैं। संयुक्त परिवार और बड़े परिवार की बात तो आप जाने ही दीजिए, किंतु सबसे बड़ी समस्या तो यह है कि जो दो-चार लोग एक साथ मिलकर एक जगह रहते हैं, उनमें भी आपसी सहिष्णुता और मेल-जोल का अभाव है । आज तो प्रायः देखने को यह मिलता है कि एक परिवार में यदि माता-पिता और उनके दो सयाने बच्चे उनके साथ रहते हैं तो उनमें आपसी सौहार्द का अभाव है । वे एक दूसरे के प्रति कोप और तनाव से भरे रहते हैं । मैं तो समझता हूँ कि इससे कहीं अच्छा हमारा संयुक्त परिवार ही था, जिसमें अगर दो लोग आपस में लड़ते-झगड़ते भी थे तो कोई तीसरा उन्हें समझाने-बुझाने वाला भी था, लेकिन आज हमारी स्थिति क्या हो गई कि हममें से कोई अचानक बीमार पड़े तो उसे डॉक्टर तक पहुँचाने वाला भी नहीं मिलता । आज तो घर बदलने के लिए, सामान सजाने के लिए पैकर और मूवर का प्रचलन बढ़ता जा रहा है। सारा खेल पैसों पर चल रहा है और आपसी समझ तथा सहयोग का नितांत अभाव होता जा रहा है ।

मैं तो यह समझता हूँ कि परिवार के सुखी होने का आधार उसका छोटा या बड़ा होना नहीं होता । पारिवारिक सुख का रहस्य तो इस बात में छिपा है कि जो लोग भी एक साथ मिलकर रह रहे हैं, वे छोटे हों या बड़े उनकी आपसी समझ कैसी है और वे एक दूसरे के प्रति कितने ममतालु हैं । अगर वे अपने से बड़ों का हृदय से सम्मान करते हैं, अगर उन्हें अपनी सभ्यता-संस्कृति और पारिवारिक मर्यादा का ख्याल है, अगर वे छोटों के प्रति उदार और सुचिंत्य हैं तो यह तय है कि उनमें परस्पर सहयोग और एकता की भावना की कोई कमी नहीं हो सकेगी और ऐसी स्थिति में उनका सामूहिक विकास भी असंदिग्ध रूप से हो सकेगा ।

सद्‌विचार सद्‌वृत्ति से जीवन करत प्रकाश ।
जैसे रवि को देखकर, पंकज बने सुवास ॥

■■■

अपने जीवन को उद्देश्यपूर्ण बनाओ

मेरे कई प्रिय भक्तों ने असमय आने वाले बुढ़ापे को लेकर चिंता प्रकट की है । इससे पूर्व के आलेख में मैंने इस विषय पर बात भी की है कि हमारे शरीर की विभिन्न अवस्थाओं में बुढ़ापा भी एक अनिवार्य अवस्था है । इसे हमें खुशी-खुशी स्वीकारते हुए आनंदपूर्वक व्यतीत करना चाहिए । किंतु, यह बुढ़ापा जब जवानी में हमें सताने लगे, जब युवावस्था में ही हमारा शरीर गिरने लगे, हम फुटबॉल खेलने और कहकहे लगाने की उम्र में ही धराशायी होने लगें तो निश्चय ही यह दुःख और दुर्भाग्य की बात है ।

हमें यह सोचना पड़ेगा कि असमय ही हमारा यह सुंदर शरीर क्यों टूट-फूट रहा है, हम क्यों अशक्त और बीमार होते जा रहे हैं? जरूर हमसे कोई भारी भूल हो रही है । आपने देखा होगा कि यदि हम मिट्टी के गमले और काँच के बर्त्तनों की भी ठीक से देखभाल करते हैं तो वह सालों साल हमारा साथ निभाता रहता है । हमारे उद्देश्यों की पूर्ति उसके द्वारा ठीक-ठीक होती रहती है । इसका मतलब यह हुआ कि यदि हम अपने जीवन को भी उद्देश्यपूर्ण बनाएं तो हमारा शरीर भी उन उद्देश्यों की पूर्ति में हमारा ठीक-ठीक साथ देगा ।

बिना लक्ष्य का जीवन कोई जीवन नहीं होता है । लक्ष्यहीन होकर तो हमारे मन में सिर्फ निराशा आएगी । हमारा मन यहां-वहां भाँति-भाँति के दुर्विकारों में पड़ा भटकता रहेगा और हम परमात्मा की सुंदर सृष्टि के असली आनंद से वंचित रह जाएँगे । आपने किसी संगीतकार को धुन सजाते या रियाज करते देखा होगा । वह सारी दुनिया को भूलकर एक-एक नाद में परमात्मा की मधुर ध्वनि का आभास पाता है । हमारे तानसेन और बैजू बावरा ऐसे ही लोग रहे होंगे । कवि, गीतकार, मूर्तिकार, राजनेता, विद्यार्थी और व्यापारी सब के जीवन का अपना-अपना लक्ष्य होता है और उसका लक्ष्य पूरी शक्ति के साथ उसे अपनी ओर खींचता रहता है । यदि हम अपने लक्ष्य

से निष्ठापूर्वक जुड़े हों तो लाख बाधाओं के बावजूद हमें कोई उससे डिगा नहीं सकता ।

आपने बाणभट्ट की 'कादंबरी' की बात सुनी होगी । उसने तीन जन्मों तक वैशम्पायन का इंतजार किया था । हमारे समाज में आज भी ऐसे बहुत से बुर्जुर्गों के बारे में सुनने को मिलता है, जो काम पूरा होने तक जीवित रहे । तुम जीवन जीने की आस में रहो और विश्वास करो कि तुम्हारी मौत तबतक टल जाएगी, जब तक तुम जीना चाहते हो । हमारे शास्त्रों में इसे ही इच्छा मृत्यु की संज्ञा दी गई है । महाभारत के समय पितामह भीष्म बाणों की शय्या पर पड़े रहे, किंतु परिणाम जाने बिना उन्होंने प्राण नहीं त्यागे । इस संदर्भ में मैं तुम्हें एक आपबीती सुनाता हूँ । मेरे एक प्रिय मुझसे मिलना चाहते थे । मुझे सूचना दी गई कि वे अब-तब में हैं, पता नहीं कब उनका अंतकाल समीप आ जाए । मैं निरुपाय था । मैंने अपनी तरफ से पूरी जल्दी की, फिर भी वहाँ पहुँचते-पहुँचते मुझे बारह-चौदह घंटे लग गए और जब पहुँचा तो देखा कि वे मेरे लिए जीवित थे । मुझसे मिलने के एक-दो मिनट बाद ही उनका निधन हुआ । क्या आए दिन घटने वाली ऐसी घटनाओं को आप महज इत्तेफाक कहेंगे? आप यह जान लें कि काम करने वाले लोग कभी बीमार नहीं होते । आपने गाँवों में कुदाल चलाने वाले और खेत जोतने वाले लोगों को बहुत कम ही बीमार पड़ते देखा होगा । बीमार तो वैसे लोग होते हैं, जो लीजर पीरियड में बैठे रहते हैं । ऐसे लोगों के मन में तरह-तरह के विकार आते रहते हैं और वे स्वयं से उत्पन्न की गई काल्पनिक समस्याओं से ही जूझते रहते हैं । उनका मन बे सिर-पैर की दूरारूढ़ समस्याओं को झेलने में ही तनाव से भरा रहता है। कहते हैं कि नेपोलियन अपने कमरे में अकेला सोता था, वहाँ किसी को भी आने-जाने की अनुमति नहीं थी । उसके अंदर एक द्वेष भरा था, उसका मन विकारों से ग्रस्त था तो सारी दुनिया उसे खुद का दुश्मन दिखाई देती थी । मंदिर में जाने वाले सज्जन और संत लोग पत्थर में परमात्मा की तलाश करते हैं और चोर उचक्कों को वे भावपूर्ण मूर्तियाँ महज कीमती पत्थर दिखाई पड़ती हैं । उनकी नजर देव-प्रतिमाओं के सोने के मुकुट और गले में पड़ी हीरे-जवाहिरात की माला पर फिसलती रहती है ।

अपने जीवन को उद्देश्यपूर्ण और रागात्मक बनाना सीखो, तुम्हारी सारी समस्याएँ स्वतः ही दूर होने लगेंगी । जिसके मन में सकारात्मक विचार आ जाता है, उसकी प्राण-ऊर्जा अपने आप द्विगुणित होने लगती है । हम भारतवासियों

का तो सारा का सारा जीवन इस सकारात्मक सोच से चालित होता रहा है । यदि तुम में भगवान बुद्ध और महावीर की दृष्टि आ जाए, यदि तुम संसार के तमाम प्राणी-पदार्थों को स्नेह और करुणा से देख सको तो क्या तब भी तुम्हारी जड़ता और निष्क्रियता बनी रहेगी? नहीं, ऐसा कदापि संभव ही नहीं है । जिसका हृदय प्रेम, करुणा और अपनत्व से लबालब भर जाता है, उसके जीवन में उत्साह की कमी नहीं रहती । वह अपने उद्देश्यों का पीछा करता हुआ सौ साल की अवस्था में भी तुम्हें दौड़ता हुआ मिलेगा । हमारे संत पुरुषों और भक्त कवियों ने परमात्मा से अपना रागात्मक संबंध स्थापित किया । कबीर, रैदास और मीरा ने बिना तर्क और संदेह के परमात्मा के प्रति स्वयं को समर्पित किया, उन्होंने अपने जीवन का एक उच्च उद्देश्य स्थिर किया तो वे हमारे बीच आज भी अमर हैं ।

अनेक लोगों की यह आदत होती है कि वे प्राय: उलटी बातें करते हैं । इस नकारात्मक सोच से तुम स्वयं को बचाओ । तुम विश्वास रखो कि जो लोग मरने की बात करते हैं, वही जल्दी मरा भी करते हैं । तुम जीने की बात करो । जीने की बात करने वाले व्यक्ति के शरीर को बीमारी, विकृति और दुर्बलताएँ छू भी नहीं पाएँगी । मौत तो उसके पास चाहकर भी नहीं आएगी, उसे हार-पछताकर अपना मार्ग बदल देना पड़ेगा । याद रखो, तुम अपने लक्ष्य को भी समीप नहीं आने दो, एक लक्ष्य पूरा होते ही कोई दूसरा बड़ा लक्ष्य खड़ा करो । तुम पाओगे कि उस लक्ष्य को पाने तक तुम चिर युवा हो, बुढ़ापा तुम्हारे इर्द-गिर्द फटक भी नहीं सकेगा । ■■■

जीना चाहते हो तो हँसना सीखो

मनियारी, मुजफ्फर से एक सज्जन ने पूछा है कि व्यक्ति दीघार्यु कैसे हो सकता है?

आचार्यश्री- इस संदर्भ में हमारे शास्त्रों में बहुत कुछ कहा गया है, जिसका निचोड़ यह है कि हमारी आयु परमात्मा की कृपा पर निर्भर करती है। ज्यों-ज्यों वैज्ञानिक विकास होता जा रहा है, हम उपर्युक्त मान्यता से असहमत होते जा रहे हैं । किंतु, हम विचार कर देखें तो हमें इस सत्य का आभास हो जाएगा कि आज भी हमारा जीवन पूर्ण रूप से उस सर्वशक्तिमान परमात्मा की कृपा का ही प्रसाद है । गोस्वामीजी ने अपनी अमर कीर्ति श्रीरामचरितमानस में लिखा है कि बिन हरि कृपा तृण नहीं डोले । आज भी यह बात अक्षरशः सत्य प्रतीत होती है । सच तो यह है कि ईश्वर की अनुकंपा के बिना हमारा अस्तित्व किसी तिनके के बराबर भी नहीं है । हवा का एक झोंका हमें किसी अतल गहराई में फेंक कर मटियामेट कर सकता है । भूकंप और तूफान जैसी प्राकृतिक आपदाएँ सारे जीव-जगत को क्षण में लील सकती हैं और तरह-तरह की बीमारी और महामारी किसी भी क्षण विनाश का तांडव कर सकती है ।

यह ठीक है कि हमारे वैज्ञानिकों ने अवश्य कुछ ऐसे ईजाद किए हैं, जिनके सहारे हमारी औसत आयु बढ़ गई है या फिर हम भूकंप, महामारी और बीमारी से थोड़ा निजात पा सके हैं । लेकिन आज भी हमारा रहना या जाना बहुत हद तक हमारी प्रकृति या परमात्मा पर ही निर्भर है ।

अब हमारे मन में यह आशंका बनी रहती है कि वह परमात्मा कैसा है और वह कहाँ रहता है । जहाँ तक मैं समझता हूँ कि इस प्रकृति की जो ऊर्जा या चेतना-शक्ति है, वास्तव में वही परमात्मा है । वही एक चेतन तत्त्व है जो इस संपूर्ण सृष्टि के चराचर को अपनी ऊर्जा प्रदान कर सौंदर्यपूर्ण और गतिशील बनाए रखता है । मैं तो यहाँ तक मानता हूँ कि नदी-नालों, झरनों-तालाबों तथा पत्थरों-पहाड़ों में भी यह चेतन तत्त्व या प्राण-ऊर्जा

प्रवाहमान है । अगर ऐसा नहीं होता तो नदी-नालों में प्रवाह नहीं होता और झरनों में कलकल ध्वनि भी मुखरित नहीं हो पाती । बिना इस चेतना के पत्थर भला चमकीले और शक्तिवर्द्धक कैसे हो सकते हैं और पहाड़ इतने अडिग और चिरस्थायी कैसे बने रह सकते हैं! आपने देखा होगा कि हममें से अनेक लोग अपने सौभाग्यवर्द्धन तथा अन्य अनेक उद्देश्यों की पूर्ति के निमित्त अपनी उँगलियों में विभिन्न प्रकार के चमकीले पत्थर और रत्न धारण किए रहते हैं। बहुत से लोग इन रत्नों की मालाएँ पहनते हैं । इसका अर्थ है कि इन निर्जीव से दिखने वाले पत्थरों में भी प्रकृति ने अपनी ऊर्जा और चेतना को प्रवाहित किया है । आप ध्यान दीजिए कि हम अपने गाँवों के आस-पास अक्सर ऐसी नदियाँ देखते हैं जिनमें बरसात को छोड़कर अन्य दूसरी ऋतुओं में पानी बिल्कुल नहीं ठहरता । गर्मी के दिनों में तो ये नदियाँ बिल्कुल सूखी और निर्जीव रहती हैं । ऐसी नदियों के बारे में हमें अपने बड़े-बुजुर्गों से यह सुनने को मिलता है कि पहले इस नदी में सालों भर पानी भरा रहता था, किंतु अब यह मरेण हो चुकी है अर्थात मर चुकी है । लोग यह नहीं कहते कि नदी सूख गई है, वे यह कहते हैं कि नदी मर गई है । इसका आशय यह हुआ कि उसमें पहले जीवन था, जो अब नहीं रहा । यही कारण है कि हमारे शास्त्रों में इन निर्जीव पदार्थों और वस्तुओं के भी पूजन और आराधना का उल्लेख मिलता है । हमारे ऋग्वेद में तो सरस्वती नदी को देवी और माँ कहकर भी संबोधित किया गया है । आज भी गंगा आदि नदियों की आराधना इसी भाव से किया करते हैं ।

तात्पर्य यह है कि यह प्राण-ऊर्जा प्रकृति के कण-कण में विद्यमान है, जिसका मुख्य स्रोत सूर्य और निहारिकाओं को माना जाता है । हमारा यह सुंदर शरीर भी इन्हीं प्राकृतिक तत्त्वों से निर्मित हुआ है और इस दयालु प्रकृति ने अपना श्रेष्ठतम अवदान हम मनुष्यों को दिया है । अतः इस प्रकृति से साहचर्य के बिना हम अपने स्वास्थ्य और सौंदर्य की कल्पना भी नहीं कर सकते हैं। प्रकृति से हमारा जितना ही अधिक तालमेल होगा और हम जितने उसके अनुरूप होंगे, हमारी आयु उतनी ही लंबी होगी । आजकल हम लोग अपने द्वारा निर्मित कृत्रिम वस्तुओं और तहखानों पर इतने प्रलुब्ध हो गए हैं कि प्रकृति से हमारा संपर्क ही टूट गया है । इन दिनों तो हमारी स्थिति उस बच्चे के समान है, जो अज्ञानता के कारण माँ की गोद से कुएँ में कूदना चाहता हो । यह ठीक है कि बहुत पहले हमारे पूर्वजों ने अतिशय धूप, जाड़े और बरसात से बचने

के थोड़े-से उपाय किए और घर आदि का निर्माण किया, किंतु आज तो हम हल्की बूँदा-बाँदी में भी प्लास्टिक के कपड़े ओढ़ लेते हैं और जाड़ा-गर्मी से बचने के लिए हीटर, कूलर और ए.सी. का इस्तेमाल करते हैं । ऐसे में हमारा जीवन पूर्ण रूप से अप्राकृतिक और बनावटी हो गया है ।

मैंने सुना है कि जापान में बीमार पड़ने वाले लोगों में अस्सी प्रतिशत ऐसे होते हैं, जो मनोरूग्ण हैं । उन्हें किसी-न-किसी मानसिक बीमारी ने जकड़ रखा है । इसका मुख्य कारण यह बताया जाता है कि जापानियों ने अमेरिका को दबाने के ध्येय से इतना मानसिक परिश्रम किया, अपने दिमाग को इतना दौड़ाया कि दिमाग की रफ्तार हजार गुना बढ़ गई और वह बेकाबू-सा हो गया । आज संसार भर के लोगों की दशा कमोवेश ऐसी ही है । हम अपनी अनंत इच्छाओं के आवेग में दौड़ते चले जा रहे हैं । हम हँसना, गाना और रोना भूल रहे हैं । हमने ध्यान और मौन त्यागकर मोबाइल, टेलीफोन और टेलीविजन को अपनी दैनिकचर्चा का आवश्यक उपादान बना लिया । हम आनंद और खुशी तथा दुःख और पीड़ा का खुलकर इजहार नहीं कर पाते । हमारे ठहाके अब बनावटी सभ्यता की चहारदीवारी को भेद नहीं पाते । हम कुंठित और निर्जीव होते जा रहे हैं । इसलिए हमारी आयु क्षीण होती जा रही है । हमारे मानसिक तनाव ने हमें इतना कुंठित किया है कि हम भरी जवानी में ही बूढ़े हो चले हैं ।

किंतु, अब भी कुछ ज्यादा बिगड़ा नहीं है । यदि सचमुच तुम जीना चाहते हो, अपने तन और मन को स्वस्थ और सुंदर बनाए रखना चाहते हो, तो बुलबुल और कोयल की तरह नाचना-गाना सीखो, नदियों और झरनों की तरह कलनाद करना सीखो और फूलों की तरह हंसना और मुस्कराना सीखो । तुम विश्वास करो कि परमात्मा तुम्हें चिरंजीवी रखेगा । ■■■

धैर्यवान ही जीवन में सफल होते हैं

मैं जब भी कथा-आयोजन के अवसर पर कहीं जाता हूँ तो कई लोग ऐसा पूछने वाले मिल जाते हैं कि महाराज जी! मैं कितने दिनों से परमात्मा की भक्ति कर रहा हूँ, सच्चे हृदय से उनकी पूजा-आरती कर रहा हूँ किंतु वे हमें दिखाई नहीं देते । भला ऐसा क्यों?

इन लोगों को मैं यह बता देना चाहता हूँ कि परमात्मा कोई बाजार की वस्तु नहीं हैं कि तुमने उसके लिए प्रयास किया और वह सांसारिक वस्तुओं की भाँति उपलब्ध हो गए । तुम यह जान लो कि परमात्मा तुम्हें पूजा-पाठ करने से नहीं मिलेंगे, क्योंकि परमात्मा की भक्ति और प्राप्ति तो एक साधना है, वह तो हमारे भीतर घटित होने वाली एक महान घटना है । आइन्सटीन, न्यूटन और संसार के बड़े-बड़े वैज्ञानिकों की खोजों और अनुसंधानों से परे एक अद्‌भुत हार्दिक सत्यानुभूति है, जिसे वाल्मीकि, तुलसी, कबीर और सूर जैसे साधकों और महात्माओं ने अपने भीतर अनुभूत किया था । इस अनुभूति के लिए निरन्तर की एकतान समर्पित भावना और साधना के साथ अपार धैर्य चाहिए, तब कहीं वे हमें इस जन्म में या अगले किसी जन्म में प्राप्त हो सकेंगे । तुम्हें स्मरण होना चाहिए कि श्रीराम को पाने के लिए दशरथ और कौशल्या को कई जन्मों तक निरन्तर धैर्यपूर्वक साधना करनी पड़ी थी । कश्यप-अदिति की आत्मा को मनु-सतरूपा और दशरथ-कौशल्या के रूप में वर्षों तक प्रतीक्षा करनी पड़ी थी। शरीर बदलता गया किन्तु आत्मा की आकुल प्रतीक्षा बनी रही, तब जाकर परमात्मा का साक्षात्कार संभव हो पाया । आपने सुना होगा कि हमारे शास्त्रों में चौरासी लाख योनियों की बातें आई हैं । इनमें नौ लाख जलचर, सत्ताइस लाख स्थावर, ग्यारह लाख कृमि, दस लाख पक्षी, तेईस लाख चौपाया और चार लाख प्रकार के मनुष्य हैं । ये तमाम योनियाँ सिर्फ पृथ्वी पर ही हैं, नक्षत्रों की गणना तो इनसे बिल्कुल अलग है । इसलिए हमारे संत-महात्माओं और देवताओं के अवतार की बात कही जाती है और कहा जाता है कि वे इतने वर्षों तक धरती

पर मौजूद थे । इसका अर्थ यह हुआ कि उससे पूर्व वे परमात्म तत्त्व थे और पुनः वे उसी तत्त्व को प्राप्त हुए । हमारे ब्रह्मांड में जो लाखों निहारिकाएँ और लाखों सूर्यमंडल हैं, वे उसी परमात्म तत्त्व के विस्तार हैं । हम सब का उसी से पोषण और प्रतिरक्षण होता है । हमारे शास्त्रों में कहा गया है कि उस परमात्मा या मुख्य शक्ति का इस ब्रह्मांड में नाना रूपों में स्फुरण होता है । तुमने वेल्डिंग मशीन अवश्य देखी होगी और देखा होगा कि किस प्रकार उसके चतुर्दिक प्रकाश स्फुरित होता रहता है । हमारी-तुम्हारी समस्या यह है कि हम उस मुख्य शक्ति को ही मुट्ठी में कैद करना चाहते हैं । यदि हम परमात्मा की उस सुंदर प्रतीति अनेकानेक ऊर्जस्वित स्वरूप प्राकृतिक तत्त्वों को ही परमात्मा मान लें तो वह परमात्मा तुम्हें अनेक स्थलों पर अपने सुंदर लुभावने स्वरूप में प्रत्यक्ष होता हुआ दिखाई पड़ेगा, क्योंकि वह सूक्ष्म और शक्तिशाली तत्त्व इस ब्रह्मांड के कण-कण में मौजूद है ।

जैसे कोई बच्चा नर्सरी से अपनी पढ़ाई शुरू करके निरन्तर के प्रयास से काफी संघर्ष करके लम्बे समय बाद ऊँचे दर्जे को भी पार कर शोध और अनुसंधान का कार्य करता है, वैसे ही हम एक लंबी प्रतीक्षा के बाद विभिन्न योनियों में भटकते-भटकते 'मनुष्य क्लास' तक पहुँचते हैं । कहा गया है कि-

लख चौरासी भरमते, तब मानुष तन पाए ।
भजन करो भगवान का, न त फिर चौरासी जाए ॥

बड़ी प्रतीक्षा और तपस्या के बाद तुम्हें यह मनुष्य शरीर प्राप्त हो सका है। अगले जन्म में फिर तुम मनुष्य के रूप में ही जन्म लोगे ऐसा निर्णय कोई नहीं दे सकेगा । इस बात की गारंटी किसी के हाथ में नहीं है क्योंकि तुम्हारे स्थूल शरीर के भीतर एक सूक्ष्म शरीर और कारण शरीर मौजूद है । जैसे कंप्यूटर के बाहरी आवरण के नष्ट होने पर भी उसका हार्ड डिस्क सभी आँकड़ों को सुरक्षित रखता है, वैसे ही हमारा सूक्ष्म शरीर है । यह भी हमारे पूर्व कर्मों का लेखा-जोखा रखता है और यही सूक्ष्म शरीर हमारे नए जन्म को संचालित करता है । अब इतनी लंबी प्रतीक्षा के लिए धैर्य की आवश्यकता होना लाजिमी है।

आज के वैज्ञानिकों का भी मानना है कि बिना चाहत और मानसिक ऊर्जा के हमें किसी चीज की प्राप्ति नहीं हो सकती । अतः कुछ पाने के लिए ऊर्जस्वित और धैर्यवान होना काफी जरूरी है । किंतु, आज तो हम अधीर हुए बैठे हैं । हम जल्दी-से-जल्दी धन-मान, ऊँची कुर्सी, संतान या व्यापार-वृद्धि के झमेले में पड़े रह जाते हैं । हम अपना धीरज बिल्कुल खो देते हैं, लेकिन

जो आदमी सच्चा है, वह धैर्य नहीं खोता । वह तो दीर्घकाल तक प्रतीक्षा में खड़ा रहता है । तरुवर के समय पर फलने का इंतजार करता है । किंतु, हम और तुम तो काम-क्रोध और अन्यान्य विकारों के पुतले हैं । तुम्हें नौकर ने चाय दी और इस क्रम में चाय थोड़ी गिर गई तो तुम क्रोध में उबल पड़ते हो । यह तो हमारा जान-सोचकर किया गया क्रोध है, नहीं तो हम यह भी तो कह सकते थे कि चलो कोई बात नहीं हैं । आगे से संभलकर चाय दिया करना ।

आप यह मान लें कि जब हम गंदी बातें अपने मन में लाना चाहते हैं तभी ऐसी बातें हमारे मन में आती हैं । तुम सत्संग में बैठते हो और मन में विकारों को भरे रहते हो तो यहाँ भी तुम अपना रोजगार शुरू कर देते हो । यहाँ भी तुम्हारा मन अपनी उच्छृंखलताओं और दुर्व्यसनों से बाज नहीं आता है । ऐसे में परमात्मा तुम्हें अगले सौ जन्मों में भी मिलने वाला नहीं हैं । वहीं दूसरी ओर यदि तुम्हारा मन शांत और स्निग्ध है, यदि तुम्हारे भीतर सुविचार भरे पड़े हैं तो तुम जान लो कि वह परमात्मा तुम्हारे भीतर में ही तुम्हें बैठा हुआ मिलेगा । मनुष्य के जीवन में सबसे बड़ी बात है-संकल्प । यदि तुम संकल्पित व्यक्ति हो, यदि तुम्हारी निष्ठा अचल है तो तुम जो चाहो सो पा सकते हो । धन-वैभव-सुख-समृद्धि तुम्हें बड़ी आसानी से उपलब्ध हो सकती है । तुम व्यापारी, धनपति, अभिनेता या आविष्कारक होना चाहते हो तो संकल्पित होकर अपने लक्ष्य के प्रति समर्पित रहो, किंतु तुम यदि सुबह में नेता और शाम को अभिनेता बनना चाहोगे तो विश्वास करो कि तुम्हें कुछ भी मिलने वाला नहीं है । यह संकल्प ही था कि रावण जैसे दुराचारी को भी हाथ फैलाते ही आयुधों से युक्त कर देता था फिर भगवान श्रीराम की तो बात ही अलग है ।

अतः तुम संकल्पित और धैर्यवान होना सीख लो और विश्वास रखो कि वह ममतालु परमात्मा लयबद्ध सुंदर धीमी गति से तुम्हारी ओर बढ़ता आ रहा है । वह तुम्हारी निश्छलता और समर्पण से प्रसन्न है, वह अवश्य ही तुम्हें अपनी गोद में उठाकर अंगीकार करेगा और तुम्हें भी अपनी महिमा और गौरव से सिक्त कर देगा । बस, तुम धैर्य के साथ आगे बढ़ते रहो । ■■■

हमारी भक्ति कैसी हो?

वारिसनगर, समस्तीपुर (बिहार) से एक भक्त का प्रश्न है कि भगवद्भक्ति के लिए हमारे अंदर किन-किन बातों की जरूरत होती है? मेरी दृष्टि में इस प्रश्न का उत्तर देना जितना ही आसान है, उतना ही कठिन भी । कारण यह है कि भक्ति की कोई शैली या परिपाटी निश्चित नहीं की जा सकती। एक व्यक्ति मरा-मरा जपकर जितना श्रेष्ठ और उच्च भक्त सिद्ध होता है, दूसरा राम-राम कहकर उसके सबसे निचले तल पर भी नहीं पहुँच पाता । भक्ति या आराधना का केन्द्र हमारी हृदय की गहराई है न कि मस्तिष्क की ऊँचाई या उसकी चतुरता। आप गौर करके देखिए कि एक बड़े से बड़े मंदिर का पुजारी भी रोज-रोज वेदादि का उच्चारण और स्मरण करने के बावजूद भगवद् भक्ति से कोसों दूर हो सकता है, जबकि गाँव-देहात का एक ठेठ किसान जिसे न तो मंदिर जाने की फुरसत है और न ही पूजा-पाठ आदि करने की, वह भी भगवान का बड़ा भक्त हो सकता है । यद्यपि हमारे शास्त्रों में भक्ति के अनेक प्रकार और कोटियाँ गिनाई गई हैं, यहाँ तक कि नवधा भक्ति में सत्संग, श्रवण, भजन, कीर्तन, चरण-वंदन आदि अनेक उपाय सुझाये गए हैं- फिर भी इसकी कोई निश्चित परिपाटी नहीं है । हाँ, इतना अवश्य है कि हमारे संत-महात्माओं ने जिन सरलतम मार्गों का अनुसंधान किया है, उन मार्गों पर चलकर हम निश्चित ही प्रभु के प्रति सुविधापूर्ण तरीके से समर्पित हो सकते हैं ।

आपके प्रश्न के संदर्भ में मैं तो बस इतना कहूँगा कि यदि आपको भक्ति करनी है तो स्वयं को पूर्णतः अपने इष्ट के हवाले कर दीजिए, वे स्वयं आपको अंगीकार कर लेंगे । किंतु, ध्यान रहे कि इस समर्पण में प्रतिदान की कोई अपेक्षा नहीं होनी चाहिए । दु:ख की बात यह है कि आज हमारी यह पवित्र भावना भी या तो सूखती जा रही है या फिर कलुषित हो चली है । अब हमारी भक्ति में भरोसा कम और शर्त तथा

व्यापार अधिक झलकने लगा है । हम ईश्वर पर भरोसा करना और उनकी आकुल प्रतीक्षा करना छोड़ चुके हैं । आप देखिए कि भक्त प्रह्लाद ने परमात्मा पर पूर्ण रूप से भरोसा किया तो वे नृसिंह के रूप में खंभे से प्रकट हुए और अनीति तथा अत्याचार का अंत किया। बीच मझधार में गजेन्द्र ने आर्त होकर पुकारा तो वह परमात्मा वहाँ भी प्रकट हुआ और उसने ग्राह से उसकी जान बचाई । तुम भी उस निष्ठा और भरोसा के साथ अपने को उसके हाथ छोड़ दो, फिर देखो कि वह तुम्हें कैसी सबलता प्रदान करता है, लेकिन तुममें न तो धैर्य है और न ही प्रतीक्षा करने की वह प्रबल शक्ति ही दिखाई पड़ती है । तुम तो जीवन में पहली बार सुबह-सुबह अनमने भाव से प्रभु की प्रार्थना करते हो और शाम में भी नहीं बल्कि उसी वक्त उन्हें प्राप्त कर लेना चाहते हो । अब तुम्हीं बताओ कि इस जल्दीबाजी में भला कोई तुम्हारी क्या सहायता कर पाएगा?

तुम अपने आस-पास की घटनाओं और स्थितियों से इस बात का आकलन करने की कोशिश करो कि प्रतीक्षा के बिना तो हमें संसार की वस्तुएं नहीं मिलतीं, फिर प्रभु की महती कृपा का आनंद हमें कहाँ से मिल पाएगा । आपने प्रोषित-पतिकाओं के संबंध में सुन-पढ़ रखा होगा। वे स्त्रियाँ जिनके पति परदेश में रहते हैं, प्रोषित पतिकाएँ कहलाती हैं। आज से 20-25 वर्ष पहले तक ये प्रोषित पतिकाएँ अपने परदेशी पति का महीनों और वर्षों इंतजार किया करती थीं, बीच-बीच में पत्रों का आदान-प्रदान होता था और यही उनके लिए संतोष का कारण और सहारा था । इतनी लम्बी प्रतीक्षा के उपरांत जब दम्पति आपस में मिलते थे तो वे एक दूसरे को अपनी प्रेमपूर्ण और पवित्र भावनाओं से ओत-प्रोत करते थे तथा अपने सुख-दुःख में एकाकार हो जाते थे, किंतु आज सारे के सारे दस्तूर बदल रहे हैं । आज तो जो थोड़ी-बहुत है, वह आतुरता है, प्रतीक्षा तो है ही नहीं और यदि प्रतीक्षा है भी तो टेलीफोन और मोबाइल ने उसका सारा रंग ही उतार दिया है । हमारे जीवन में जल्दीबाजी की होड़ लगी हुई है । हम जल्दी पहुँचना और जल्दी पाना चाहते हैं । आज छोटी-छोटी बातें हमें दुःखी और परेशान करती हैं । हम अत्यंत स्वाभाविक बातों को सहने के लिए भी तैयार नहीं हैं । यदि ट्रैफिक पर कुछ सेकंड या मिनटों के लिए हमारी तरफ की गाड़ियों को रोका गया है तो इसके लिए भी हम अपने भाग्य को कोसने बैठ जाते हैं । कहीं जाम में फंसने का कारण भी

हम अपने दुर्भाग्य को ही मानते हैं । हम गाड़ियां इतनी वेग से चलाते हैं मानो कि हनुमान की तरह संजीवनी लेकर लौट रहे हों ।

आज सड़क पर मोटरें हवाई जहाज की रफ्तार में चल रही हैं । न चलने में, न खाने में और न ही सोने में मनुष्य को धैर्य है। परिणाम स्वरूप बीमार पड़ते हैं और डॉक्टर के पास जाकर जल्दी-से-जल्दी ठीक होना चाहते हैं । यह बात तो अच्छी है, किंतु बीमारी तो कायदे से ही जाएगी और आप हैं कि हायर एण्टीबायटिक के जोर पर उसे घण्टे-दो घण्टे में भगा देना चाहते हैं । मतलब यह कि हम में से कोई भी व्यक्ति आज 10 मिनट की मोहलत में नहीं है । हम सभी व्यग्र और बेचैन हैं । हम सिर्फ साल-दो-साल में दुनिया का सारा सुख बटोर लेना चाहते हैं । किन्तु, क्या हमें ज्ञात है कि हम जान बूझकर बुढ़ापे की ओर अग्रसर हो रहे हैं । हम क्षण-क्षण अपनी जरावस्था को आमंत्रित कर रहे हैं । कितनी बड़ी विडंबना है कि आज बच्चा भी जल्दी बड़ा होना चाहता है, बारह-तेरह की अवस्था में वह सयाना हो जाता है । दरअसल हुआ यह है कि हमने अपने मन में विकृतियों को जमा कर लिया है । हमारे मन की यह विकृति हमें ही तरह-तरह से परेशान कर रही है और उसे ही अनेक रूपों में हम दूसरों के समक्ष प्रस्तुत कर रहे हैं । हम इन विकृतियों से परेशान और उबे हुए भी हैं, किंतु अपने मन के इस भूत को हम भगाना नहीं चाहते । अब जो भूत से डरता है और अपने घर की खिड़की तथा सामने के पेड़ पर उसे बैठा हुआ समझता है, वह तो मरने के लिए तैयार बैठा है ।

एक आग्रह करना चाहता हूँ कि तुम घर, गाड़ी, धन और संतान के लिए जितने व्यग्र हो, उतनी आतुरता से मौत के लिए उतावले नहीं रहो। तुम अपने मन को तनाव-मुक्त करो और बुरे ख्यालों से बचने का प्रयास करो । यदि कोई बुरा ख्याल तुम्हें विचलित और कमजोर कर रहा है तो अकेले मत रहो, किसी सत्पुरुष या गुरु का साथ-संगत धर लो, ताकि तुम्हें सद्मार्ग मिल सके। तुम अपने मन को भटकने से रोको, यथासंभव उसे साधने की चेष्टा करो क्योंकि तुम्हारी सारी दुर्बलताओं और उल्टी-सीधी इच्छाओं की जड़ में तुम्हारा यही मन है। तुम जान लो कि बाहरी वेश-विन्यास कर लेने से, गेरुआ वस्त्र पहन लेने से और तीरथ-त्योहार करने से तुम्हें बहुत कुछ मिलने वाला नहीं है। कबीर ने कहा भी है कि 'मन न रंगाए, रंगाए जोगी कपड़ा।' तुम यह जान लो कि इन वस्त्रों और विधानों में कुछ रखा हुआ नहीं है। यदि

तुम सचमुच दिव्य होना चाहते हो और परमात्मा को पाना चाहते हो तो फिर तुम डिप्रेशन और चिंता के लिए आदर से कुर्सी लगाना छोड़ दो, उसे फूल-माला पहनाने की गलती मत करो फिर देखो कि कैसे तुम्हारे जीवन में प्रकाश फैलता है ।

तुम अपने मन को तोड़ो, प्रसन्न होना सीखो, निश्चिंत होकर ठहाके लगाओ, मन भर गुनगुनाओ और गीत गाओ । फिर देखो कि परमात्मा तुम्हें कैसे उठाता है । ध्यान रखो कि बिना पूर्ण समर्पण के तो संसार में भी सच्चा और स्थायी प्रेम नहीं मिलता फिर परमात्मा की कृपा तुम्हें भला कैसे प्राप्त होगी? तुम एक नवजात बालक की तरह अबोध बन जाओ । तुम तर्क और विवेक लगाना बिल्कुल बंद कर दो । केवल अपने सच्चे हृदय से एक बार उसे पुकारो कि हे परमात्मा! मैं स्वयं को तुम्हारे हवाले करता हूँ, फिर देखो कि तुम्हारी भक्ति क्या रंग लाती है? विश्वास करो कि तुम भगवान के सबसे बड़े भक्त कहलाओगे । ■■■

ज्ञानमूर्ति ब्रह्माण्डविद् महामानव शिखरपुरुष सन्तशिरोमणि आचार्यश्री सुदर्शनजी महाराज

सृष्टि संरचना शिव-शक्ति से सप्राण बनकर संचरित होती रहती है । इस प्रक्रिया में सुन्दर-असुन्दर प्रकृति-पुष्प उपजते-खिलते-बिखरते रहते हैं । सदाशिव की सदय दृष्टि जब सृष्टि में होती है तब सुग्राह्य सुमन का शुभागमन होता है और वह सुमन अपने सुकर्मों का विस्तार कर उच्चता व दिव्यता के शीर्ष पर पहुँचता है । इस कड़ी में माता सीता की प्राकट्य भूमि सीतामढ़ी बिहार ने समय की दीर्घ अवधि के बाद भगवान भोलेनाथ व भवानी की विशेष अनुकम्पा से **आचार्यश्री सुदर्शन** के रूप में एक ऐसी विभूति को प्रादुर्भूत किया जो असंदिग्ध रूप से अपनी आभा, महिमा, शक्ति और भक्ति से सकल संसार को आलोकित कर रहा है । यह महामानव सभी तुलना के परे है, क्योंकि यह समस्त साधारण मापदंडों और उपदेशों से ऊपर है । इस दिव्यपुष्प का मन प्रकाशमान है, जो समस्त ज्ञान के स्त्रोत के साथ अपना संयोग सथापित करने में समर्थ है ।

एम.ए., पी-एच.डी., विद्यावाचस्पति, साहित्यविशारद्, साहित्यरत्नरूपी शैक्षणिक उपाधियों से अलंकृत, कृषि संस्कृति से ऋषि संस्कृति की आध्यात्मिक यात्रा के पथिक आचार्यश्री सुदर्शनजी महाराज सकल ब्रह्मांड चिंतक के रूप में स्थापित शिखरपुरुष हैं, महामानव हैं और भारतीय संत सरणियों में शिरोमणि हैं । इनका अवतरण बिहार की पावन धरती पर उन कड़ियों में माना जाता है जिनमें बुद्ध, महावीर, चाणक्य, पाणिनि और राजेन्द्र प्रसाद जैसी विभूतियों को याद किया जाता है । इन्होंने अपने जीवन में जो साधनाएँ की हैं, वे साधनाएँ ही तो इनके दिव्यस्वरूप को स्पष्ट करती हैं । एक-एक स्वरूप पर एक-एक ग्रंथ लिखा जा सकता है, एक-एक महाकाव्य लिखा जा सकता है । सत्य कथन है-

बन्द सुमन सा लाल होठों पर, मुसकान अभी भी बाकी है ।
फेंके हुए उपेक्षित पत्थर, उनमें फूल खिलाना बाकी है ॥

इसी भाव को अपने हृदय में स्थापित करके आचार्यश्री सुदर्शन सामाजिकों के हित में अधोलिखित संस्थानों की स्थापना व सफल संचालन करते हुए देश-दुनिया के विशिष्ट मंचों से नानाविध पुरस्कारों को पाते हुए, अन्तर्राष्ट्रीय स्तर पर विज्ञ पुरुष के रूप में जनमानस की जिह्वा पर आसीन हैं ।

1. डॉ॰ वाई॰ के॰ सुदर्शन कृष्णा सिंह एजुकेशनल फाउण्डेशन ट्रस्ट(रजि॰)
2. कृष्णा सुदर्शन चैरिटेबल ट्रस्ट
3. आचार्य सुदर्शन फाउण्डेशन
4. हमें भी पढ़ाओ एजुकेशन फाउण्डेशन
5. आत्म-कल्याण केन्द्र, गुड़गाँव
6. पटना सेन्ट्रल स्कूल सोसाइटी
7. कृष्णा निकेतन गर्ल्स स्कूल सोसाइटी
8. माँ जगतारिणी शक्तिपीठ, सीतामढ़ी
9. आचार्य सुदर्शन लायन्स आई हॉस्पीटल, सीतामढ़ी ।
10. गीतांजलि (आचार्यश्री के भक्ति संगीतों पर आधारित)
11. आचार्य सुदर्शन स्पोर्ट्स एण्ड कल्चरल फाउण्डेशन ।

सम्प्रति, परमपिता परमेश्वर का दिव्य शक्तिपात जब इस महामानव पर हुआ तो ये एकांतवासी हो गये । धारणा, ध्यान और समाधि की सफल प्रक्रियाओं से गुजरकर इनका तन-मन दिव्यता के अलौकिक प्रकाश से आलोकित हुआ, जिसके परिणामस्वरूप बादशाहपुर गुड़गाँव में **आत्मकल्याण केन्द्र** रूपी कमल पुष्प का उदय हुआ । 07 जुलाई 2006 की पावन बेला में भगवान सूर्य से अनंत रश्मियों को पाकर आचार्यश्री सुदर्शन बादशाहपुर, गुड़गाँव(हरियाणा) में सोहना रोड पर **आत्मकल्याण केन्द्र** की स्थापना करके देश-दुनिया के तमाम समुदायों का सर्वात्मकल्याण करने के लिए कृतसंकल्प हुए । अपने पावनं संकल्पों को सांसारिक रूप देने के क्रम में पूज्यश्री ने आत्मकल्याण केन्द्र के तहत **हमें भी पढ़ाओ, नारी जागरण समिति, वरिष्ठ नागरिक आवास, नशा विमुक्ति अभियान** आदि कई सेवा प्रकल्पों का सफल संचालन करके भारतवर्ष के प्रत्येक प्रांत में छोटे-छोटे गाँवों से लेकर महानगरों तक लघु/दीर्घ शाखाओं की स्थापना करके तमाम जनमानस के बीच

ह्रासोन्मुखी सभ्यता को जीवन्त और उत्कर्षमयी बनाकर संत समाज के बीच शिरोमणि स्वरूप राजमुकुट धारण किया ।

आत्मकल्याण केन्द्र सुदर्शनधाम में ध्यानस्थ अवस्था में आचार्यश्री को प्रभु श्रीराम का आज्ञाबोध और परम आशीर्वाद प्राप्त हुआ । इसी मुद्रा में प्रभु की जीवनगाथा के अनेकानेक रहस्यमय तथ्यों का सुबोधाशीष पाकर पूज्य महाराजश्री ने संगीतमय श्रीराम कथा के अमृतमय प्रवचनों की ज्ञान गंगा में श्रद्धालु भक्तों को अवगाहन कराने का महासंकल्प लिया । कथाक्रम के माध्यम से इन्होंने भारत ही नहीं, विश्व के अन्य देशों के जनमानस में प्रभु श्रीराम की जीवनगाथा को संगीतमय रूप देकर प्रवचन की ऐसी पीयूषधारा बहाई कि देश-दुनिया के तमाम कथावाचकों, समाज सुधारकों एवं संतसमाज ने इनकी भूरि-भूरि प्रशंसा की । इन्होंने दूरदर्शन के प्रतिष्ठित चैनलों, आस्था, संस्कार, जी-जागरण, श्रद्धा, सौभाग्य आदि के माध्यम से विश्व के 138 देशों में संगीतमय श्रीरामकथा का संदेश देकर जन-जन के चरित्र में श्रीराम की आदर्शवादिता एवं शुचिता को धारण करने की विशेष शक्ति प्रदान की है ।

उपनिषद् के ऋषि के रूप में सृष्टि रहस्य को उद्‌घाटित करते हुए, सुकरात के रूप में जनसमूह को विवेक बाँटते हुए और लोओत्से की तरह कृत्रिमता त्यागने की शिक्षा एवं बाल मनोविज्ञान पर अपनी तूलिका से सर्वप्रशंसित और सुग्राह्य रंग बिखेरते हुए **आचार्यश्री सुदर्शनजी महाराज** ने साहित्य साधकों के बीच सशक्त हस्ताक्षर के रूप में रहते हुए अधोलिखित साहित्यों की रचना की है-

1 शिक्षा शास्त्र
2 सूर काव्य में कवि समय (शोध प्रबन्ध)
3 शिक्षा के चक्रव्यूह में आज का अभिमन्यु
4 दीर्घायु भव
5 आओ शिक्षा-शिक्षा खेलें
6 शिक्षा- एक प्रश्न?
7 जीवन को सुन्दर कैसे बनाएँ
8 जीवन ऊर्जा कैसे बढ़ाएँ
9 भारत की विभूतियाँ
10 बच्चों की पढ़ाई में माता-पिता की भूमिका
11 सेक्स शिक्षा की वैज्ञानिकता

12 समग्र शिक्षा
13 शिक्षा- आदेश या परामर्श
14 जो चाहे सो पावें
15 जब तक जीओ, सुख से जीओ
16 जीवन को सफल कैसे बनाएं
17 शिक्षा के सागर में जीवन की नाव
18 शिक्षा सागर के विविध मोती
19 ऊँचाइयों को छूती एक जिन्दगी
20 बच्चों के जीवन में शिक्षा के फूल कैसे खिलें
21 अपना प्रकाश स्वयं बनो
22 आशीष मुझे दो, लो प्रणाम (काव्य-संग्रह)
23 हनुमान सतइसा
24 सूक्ति सागर
25 जीवन और अध्यात्म
26 जय सुदर्शन (पत्रिका)
27 भविष्य के द्वार पर दस्तक
28 उन्मुक्त आकाश के उड़ते पंछी
29 मंदिर में फूल नहीं अहंकार चढ़ाओ
30 Life Energy Centre
31 Godly Things Around You
32 डॉ. वाई.के.सुदर्शन का जीवन दर्शन
33 जीवन जीने की विधि (छह भागों में)
34 चलो आकाश को छू लें
35 जीवन प्रवाह है, ठहराव नहीं
36 झर-झर बहत अनन्त
37 एक कदम रख कर तो देख
38 भक्ति के दोहे
39 श्रीराम दया करना (भक्तिगीत-संग्रह)
40 सफलता की दस्तक
41 माता का आशीर्वाद
42 शिक्षा और नैतिकता

43 क्या खोया, क्या पाया

44 आचार्य सुदर्शन का अनंत जीवन-प्रवाह

45 आओ जीवन को महोत्सव बनाएँ

46 चिंतन की दिशाएँ

47 भोला महिमा

48 जीवन के विविध रंग

49 बच्चों की समुचित परवरिश

50 सुदर्शन रामायण (जीवन का महाकाव्य)

51 जीवन-संगीत (जीवनोपयोगी दोहे एवं भजन)

52 काल न आवे पास

53 श्रीराम महिमा

54 श्रीहनुमते नमः

55 कन्हैया! मैं नाचूँ तू गा

56 छूट न जाए डगरिया

57 गुरुज्ञान

58 आचार्य सुदर्शन की काव्य-चेतना

59 Basic Concept of Education

60 आचार्यश्री सुदर्शन का सकल ब्रह्माण्ड चिंतन

61 अब भी वक्त है, संभल ऐ नौजवान!

62 जीवन जीने की कला-भाग-1,2,3.

63 प्राण ऊर्जा कैसे बढ़ाएँ

64 जीवन पथ के फूल

65 योग भगाए रोग

66 ऐसी करनी कर चलो

67 मन की आँखें खोल

68 पाते-पाते देवानाम

69 पतझड़ के हरे पत्ते

70 प्रार्थना से परमात्मा की ओर

72 दाम्पत्य-मैत्री

73 Education: A reflection of life.

एक आदर्श आश्रम-व्यवस्था

परमपूज्य सुदर्शन जी महाराज द्वारा स्थापित यह भव्य आश्रम राजधानी दिल्ली से तकरीबन 30 कि॰मी॰ दूर बादशाहपुर, गुड़गाँव (हरियाणा) में प्रकृति के सघन छाँव तले स्थित है। गुड़गाँव-सोहना मेन रोड से जो भी यात्री गुजरता है, उसे प्रकृति के कण-कण में व्याप्त **'आत्म-कल्याण केन्द्र'** की अलौकिक सुन्दरता मन्त्रमुग्ध कर अपनी ओर अनायास ही खींचती है। आश्रम पर लहराती हुई धर्मध्वजा दूर से ही जीवन को गति और प्रेरणा देती है। सद्गुरु का हर प्यारा यहाँ उतरता ही है। यहाँ मुस्कुराते हुए फूल अपनी मनमोहक सुगन्ध से सारे वातावरण को महका देते हैं, सूर्य की सोनाभि किरणें आश्रम को अलौकिक सौन्दर्य से झिलमिला देती हैं।

पूज्य सुदर्शन जी महाराज का मानना है कि **''आत्म-कल्याण केन्द्र''** एक सांस्कृतिक, सामाजिक, नैतिक और आत्मिक जागरण का केन्द्र है। इसका मुख्य उद्देश्य जन समूह को अज्ञान, अशिक्षा, नशा की बुरी आदतों से मुक्त कराकर प्रत्येक व्यक्ति को स्वस्थ एवं सुन्दर जीवन जीने की विधि से अवगत कराना है। विशेषकर नारी समाज को अंधविश्वासों एवं रूढ़ियों से मुक्त कराकर उन्हें नैतिक जीवन जीने की प्रेरणा और प्रशिक्षण देना है। इससे भी महत्त्वपूर्ण जो भावना उनके अन्तर्मन में शुद्ध रूप से परिलक्षित होती है, वह यह कि यहां विद्यार्थियों एवं युवाओं की प्रतिभा निखारने के लिए समय-समय पर मनोवैज्ञानिक प्रयोग किए जाएं, ताकि नई पीढ़ी के बच्चों को शिक्षित कर उन्हें जीवन में नैतिक आचरण की प्रेरणा दी जा सके।

'आत्म-कल्याण केन्द्र' एक आत्मिक जागरण का केन्द्र है। यह केन्द्र केवल गृहत्यागी साधु-महात्माओं का आन्दोलन नहीं है, अपितु यह पूरे गृहस्थ सन्तों का आन्दोलन है। आचार्य श्री **'स्वयं साक्षी'** एवं **'आत्मद्रष्टा'** बनने के पक्षधर हैं। आपका कहना है- **'आत्म कल्याण केन्द्र एक वैचारिक उद्बोधन है। यह आत्म कल्याण न तो कोई धार्मिक आन्दोलन है और**

न किसी धर्मसम्प्रदाय का प्रचारतंत्र है, बल्कि यह प्रत्येक व्यक्ति को जगाने का महाभियान है । आत्म-कल्याण की यात्रा अन्धकार से प्रकाश, असत्य से सत्य, मर्त्य से अमर्त्य, सूक्ष्म से विराटता, परिधि से केन्द्र की ओर है ।'

परमपूज्य सुदर्शन जी महाराज उस अवस्था के सन्त हैं, जहाँ तप की भावनाएं एक सहज स्वभाव का रूप लेकर मानवीय सेवाओं के लिए प्रेरित करती हैं । **'आत्म कल्याण केन्द्र'** के द्वारा हालांकि कई सेवा प्रकल्प चलाए जा रहे हैं, किन्तु कुछ विशेष इस प्रकार हैं:

➢ **हमें भी पढ़ाओ** - **''नियतं कुरू कर्मत्वम्''** यह भगवत्वाक्य ही पूज्यश्री का जीवन दर्शन है । वे शिव संकल्पमय संत हैं । उनका हर कार्य अपने लिए नहीं, अपितु समाज, राष्ट्र और मानव धर्म के लिए होता है ।

'हमें भी पढ़ाओ' गरीब एवं उपेक्षित बच्चों की नि:शुल्क शिक्षा प्रसार योजना है । इसके अन्तर्गत गांवों, मलिन बस्तियों, झुग्गी-झोपड़ी एवं स्लम में रहने वाले बच्चों के लिए शिक्षा केन्द्र खोले जाते हैं । साथ ही उन्हें शिक्षा प्रदान करने के साथ-साथ बुरी आदतों से बचने का मार्ग भी बताया जाता है। उन्हें नैतिक जीवन जीने की प्रेरणा दी जाती है और छोटे-मोटे रोजगार प्रारम्भ करने का प्रशिक्षण भी दिया जाता है ।

'हमें भी पढ़ाओ' कार्यक्रम की शुरूआत भले ही एक बस्ती से हुई थी, परन्तु आज बरसों बीत जाने के उपरान्त देश के विभिन्न भागों में फैलकर ऐसे समुदाय के लिए जरूरत बन गया है, जो अभी भी समाज की मुख्य धारा से कटे हुए हैं । **'हमें भी पढ़ाओ'** कार्यक्रम की मिली सफलता के फलस्वरूप ही आज विभिन्न जगहों से इसके और अधिक केन्द्र खोलने के आग्रह आ रहे हैं । अपने सीमित संसाधनों की वजह से संस्था इसे प्रत्येक जगह पर खालेने में असमर्थ है, फिर भी देश में इसके कई केन्द्र स्थापित हो चुके हैं, जिनमें से कुछ मुख्य पटना, भागलपुर, सीवान, मोतीहारी, छपरा, समस्तीपुर, सीतामढ़ी, दरभंगा, मधुबनी, मुजफ्फरपुर (बिहार) झारखण्ड व नई दिल्ली में हैं ।

पूज्य महाराजश्री का मानना है कि देश की आधी से अधिक जनता गाँवों में बसी है । अत: हमारा देश गाँवों में बसा है । ग्रामवासी शिक्षित और स्वस्थ होंगे, तो देश उन्नत होगा । पूज्यश्री जैसे महान तपस्वी ने अपनी तपोमयी साधना एवं सतत निष्ठा से विद्या मन्दिरों का किस प्रकार शुभारम्भ, संचालन, संवर्धन और अलंकरण किया है, उसे वे ही जान सकते हैं, जो उनके परिवेश में रह रहे हैं ।

➩ **नशा-विमुक्ति अभियान** – पूज्य महाराजश्री के पावन सान्निध्य में केन्द्र ने नशा विमुक्ति जन जागरण का अभियान चलाया है । हमें भी पढ़ाओ केन्द्र में जो बच्चे पढ़ते हैं, उनके माता-पिता के लिए यह अनिवार्य कर दिया गया है कि वे अपने बच्चों की खुशी के लिए किसी भी प्रकार के नशे का सेवन न करें । अगर बच्चों को नशा सेवन से बचाना है, तो माता-पिता को भी नशा करने से बचना होगा । इसलिए केन्द्र ने **'नशा विमुक्ति'** पर विशेष बल दिया है ।

पूज्य महाराजश्री ने गहरे रूप में अनुभव किया है कि जो लोग नशा का सेवन करते हैं, वे स्वयं भी नहीं चाहते कि उनके बच्चे भी किसी प्रकार के नशे का सेवन करें । कारण साफ है कि कोई भी माता-पिता अपने फूल जैसे बच्चे को बर्बाद होते हुए नहीं देख सकता । फिर भी समाज में इतनी बुराई है कि बच्चे इन बुराइयों का शिकार बड़ी आसानी से हो जाते हैं । अगर इन बच्चों को समय रहते नशे के चुंगल और अशिक्षा के विषदंत से नहीं बचाया गया, तो समाज की दशा बड़ी ही भयावह हो सकती है ।

हमारे देश की भित्ति आने वाले कल के बच्चों पर ही निर्भर है । अतः नई पीढ़ी का हर युवा नशा-विमुक्त हो, राष्ट्र के स्वाभिमान का प्रतीक बन सके, ऐसी पूज्य महाराजश्री की हार्दिक अभिलाषा है ।

➩ **ध्यान-योग क्रान्ति** – सद्गुरु की 'ध्यान योग कुटिया' आश्रम के प्रांगण में ही स्थित है । यहाँ निरन्तर नए-नए लोग ध्यान एवं योग की क्रियाओं को सीखने में जुटे हुए हैं । जीवन की दौड़-धूप से थके व्यक्ति जैसे ही यहाँ ध्यान में डूबते हैं, पूरे दिन का सफर कब और कैसे पूरा हो जाता है, पता भी नहीं चलता ।

पूज्य आचार्यश्री का मानना है कि परमात्मा से नाता जोड़ने और आत्म-रूपान्तरण की प्रक्रिया हेतु योग और ध्यान एक गहन प्रयोग का कार्य करता है । तप एवं सिद्धि से शीघ्र अनुभूति के लिए आश्रम से बढ़कर अन्य कोई उपयुक्त जगह हो ही नहीं सकती । हवा में झूमते पेड़-पौधे, गाती-चहकती चिड़ियों और सुहाने मौसम के बीच यहाँ हर साधक आश्रम में प्रवेश करते ही अपने अंतस् से जुड़ जाता है ।

इसके अतिरिक्त **'आत्म-कल्याण केन्द्र'** विद्यालयों और गाँवों के चौपालों में समय-समय पर योग-शिविर लगाने का कार्य भी कर रहा है । योग एवं ध्यान की विभिन्न क्रियाओं को सीखकर आज हजारों बाल, वरिष्ठ एवं युवक

अपने जीवन को आत्म-कल्याण केन्द्र के माध्यम से सफलीभूत कर रहे हैं ।

➢ **निःशुल्क स्वास्थ्य सेवा शिविर** - पूज्य आचार्यश्री का जन स्वास्थ्य पर विशेष जोर रहता है । आप यम-नियम के साथ-साथ लोगों के खान-पान की शुद्धता और शुद्ध पेयजल की व्यवस्था पर विशेष ध्यान देते हैं ।

'आत्म कल्याण केन्द्र' पूज्य महाराजश्री के कुशल दिशा-निर्देशन में समय-समय पर गाँवों में निःशुल्क स्वास्थ्य सेवा शिविर का आयोजन करता है । गरीब-बेसहारा लोगों को किस प्रकार ज्यादा से ज्यादा मदद पहुँच सकती है, इस बात का पूरा ध्यान रखा जाता है । **'मुफ्त'** में ही मरीज हर परेशानी से मुक्त हो जाता है । चिकित्सा के ज्यादा से ज्यादा उपक्रम चलाए जा सकें, इस बात पर **'आत्म कल्याण केन्द्र'** कार्य करने में पूर्ण रूप से संलग्न है ।

➢ **वरिष्ठ नागरिक निवास योजना** - जीवन के अन्तिम पड़ाव पर वरिष्ठ नागरिकों की शारीरिक क्षमताएँ साथ नहीं दे पाती हैं । जिस परिवार को सालों साल सींचा, वही अब उन्हें रखने के लिए तैयार नहीं। जिसकी सुरक्षा में रातों की नींद उड़ा डाली, आज वही से सुरक्षा का अभाव होता है। एक समय दूसरों का सहारा बना था, आज उन पर भार बन गये हैं। ऐसे वरिष्ठ नागरिकों के गम को दूर करने व उनके सम्मान को कायम रखने के लिए पूज्य महाराजश्री ने आश्रम के प्रांगण में ही वरिष्ठ नागरिक निवास का निर्माण किया है । यहाँ के वरिष्ठ नागरिकों ने खुद काम किया, प्रेरक बने और अपनी हर परेशानी को झुठला दिया है । आज सद्गुरुदेव के वरदहस्त तले उन सबका जीवन पुष्पित और पल्लवित है, सब सुरक्षा के घेरे में अपने एकाकी जीवन की सांझ को बल प्रदान करने में जुटे हुए हैं ।

वरिष्ठ नागरिकों के निवास हेतु **'आत्म कल्याण केन्द्र'** देहरादून में भी इसी प्रकार की व्यवस्था नियोजित की गई है ।

➢ **महिला कल्याण योजना** - पूज्य आचार्यश्री का दृष्टिकोण व्यापक है । हर पल, लोकोपकार में बीतता है । **'यत्र नार्यस्तु पूज्यन्ते, रमन्ते तत्र देवताः'** जहाँ नारियों का सम्मान होता है, वहाँ देवता निवास करते हैं । इस बात की अवधारणा रखते हुए आचार्यश्री ने नारियों की खोई हुई अस्मिता उन्हें पुनः वापस दिलाने के लिए नारी-उत्थान अभियान चलाया है । आपने महिला एवं बाल-कल्याण को ध्यान में रखते हुए पाठशालाओं के अतिरिक्त बहुत से व्यावसायिक केन्द्र खुलवाए हैं, जिनका मुख्य रूप से ग्रामीण क्षेत्रों में नितान्त अभाव था ।

पूज्य आचार्यश्री का मानना है कि गाँवों में महिलाएं जितना पढ़-लिखकर आगे बढ़ेंगी, वे उतनी ही विदुषी बनेंगी । यदि घर में गृहिणी महिला शिक्षित हैं, तो सारा परिवार शिक्षित हो जाएगा । निराश्रित महिलाओं एवं उनके बच्चों की शिक्षा, स्वास्थ्य एवं देखभाल, **'आत्म-कल्याण केन्द्र'** के रचनात्मक गतिविधियों का प्रमुख अंग रहा है । पूज्य आचार्यश्री ने गाँवों में, विशेषकर जगह-जगह महिला मंडलों की स्थापना की है, ताकि वे घर-घर जाकर महिलाओं की समस्याओं को सुनें और उनकी परेशानियों का निराकरण करें ।

■■■

Hard bond

ISBN : 978-81-288-3210-9

प्रकाशक : **डायमंड पॉकेट बुक्स (प्रा.) लि.**
X-30, ओखला इंडस्ट्रियल एरिया, फेज-II
नई दिल्ली-110020
फोन : 011-41611861, 40712100
फैक्स : 011-41611866
ई-मेल : sales@dpb.in
वेबसाइट : www.diamondbook.in
संस्करण : 2011
मुद्रक : आदर्श प्रिंटर्स, शाहदरा, दल्ली - 32

PATJHAR KE HARE PATTE
by: Aharya Sudarshanjee Maharaj

www.ingramcontent.com/pod-product-compliance
Lightning Source LLC
LaVergne TN
LVHW100406051026
849518LV00003B/1151
* 9 7 8 8 1 2 8 8 3 2 0 9 3 *